AF745839

www.ingramcontent.com/pod-product-compliance
Lightning Source LLC
LaVergne TN
LVHW050759051026
849532LV00008B/2917

* 9 7 8 9 3 6 9 0 8 2 1 0 0 *

کہانی خزانہ

(بچوں کی کہانیاں)

اینڈ بلائٹن [Enid Blyton]

مترجم: گل رعنا

Kahani Khazana *(Kids Stories)*
by: Enid Blyton
Edition: October '2025
Publisher :
Taemeer Publications LLC (Michigan, USA / Hyderabad, India)

ISBN 978-93-6908-210-0

9 789369 082100

کتاب	:	**کہانی خزانہ** (کہانیاں)
مصنفہ	:	**اینڈ بلائٹن** (اردو ترجمہ: گل رعنا)
صنف	:	ادب اطفال
بہ تعاون	:	ویب سائٹ:roshnai.com
ناشر	:	تعمیر پبلی کیشنز (حیدرآباد، انڈیا)
سالِ اشاعت	:	۲۰۲۵ء
صفحات	:	۷۶
سرورق ڈیزائن	:	تعمیر ویب ڈیزائن

فہرست

تعارف

اینڈ بلائٹن (Enid Blyton) ایک معروف برطانوی مصنفہ تھیں، جنھوں نے بچوں کے لیے متعدد مقبول کہانیاں، نظمیں، ڈرامے اور دیگر کتابیں تحریر کیں۔ ان کی پیدائش ۱۱ اگست ۱۸۹۷ء کو انگلستان میں ہوئی اور ۲۸ نومبر ۱۹۶۸ء کو ان کا انتقال ہوا۔ اینڈ بلائٹن کی کتابوں کی مجموعی فروخت ۶۰۰ ملین سے زائد ہے اور ان کی تصانیف کا ۹۰ زبانوں میں (بشمول اردو) ترجمہ کیا جا چکا ہے۔

انھوں نے بچوں کے لیے متعدد سیریز اور ناول لکھے، جو نہ صرف برطانیہ بلکہ پوری دنیا میں مقبول ہوئے۔ اینڈ بلائٹنکی کہانیاں تخیل، مہم جوئی اور معصومیت سے بھرپور ہوتی ہیں، جو بچوں کو ایک نئی دنیا میں لے جاتی ہیں۔ اپنی تحریری تکنیک کے بارے میں، بلائٹن نے بتایا کہ وہ بغیر کسی پیشگی منصوبہ بندی کے لکھتی تھیں اور ان کی کہانیاں ان کے لاشعور سے ابھرتی تھیں۔

اینڈ بلائٹن کی کہانیاں بچوں کی مہم جوئی، دوستی اور اخلاقی اقدار پر مرکوز ہوتی تھیں۔ ان کی تحریریں آج بھی بچوں اور بڑوں میں یکساں مقبول ہیں اور ان کی کتابیں دنیا بھر میں بچوں کے ادب کا اہم حصہ سمجھی جاتی ہیں۔ اینڈ بلائٹن کا اندازِ تحریر بہت ہی سادہ، پرکشش اور بچوں کے لیے موزوں ہوتا ہے۔ ان کی کہانیوں میں عام طور پر مہم جوئی، راز، دوستی اور خوشی کے موضوعات شامل ہوتے ہیں۔ ان کے کردار بہت ہی معصوم اور دلچسپ ہوتے ہیں، جو بچوں کو اپنی طرف متوجہ کرتے ہیں۔

یہ کتاب اینڈ بلائٹن کی منتخب کہانیوں پر مشتمل ہے، اور ان تمام کہانیوں کا اردو ترجمہ گل رعنا نے کیا ہے۔

الف، بے، جیم [Ti, Top and Tup]

ایک دفعہ کا ذکر ہے کہ کسی چھوٹے سے قصبے میں تین بھائی رہتے تھے جن کے نام الف، بے اور جیم تھے۔ وہ لوگوں کے چھوٹے موٹے کام کر کے اپنا گزارا کرتے تھے جیسا کہ قینچیاں تیز کرنا، کرسیوں کی مرمت کرنا اور ٹوٹے ہوئے برتنوں کو گوند سے جوڑنا۔ وہ خوش باش اور شرارتی نوجوان تھے۔ گلی، گلی گھوم کر وہ آوازیں لگاتے:

"ہے ہے اچھے لوگوں، آؤ ہمارے پاس آؤ،
ہم تمھاری کرسیاں تمھارے لیے بنائیں گے،
ہم تمھاری قینچیاں تمھارے لیے چمکائیں گے،
سب لوگ اپنی ٹوٹی ہوئی چیزیں ہم سے ہی جڑوائیں گے"

اور لوگ ان کی آواز سن کر اپنی ٹوٹی پھوٹی چیزوں کی مرمت کرانے گھروں سے نکل آتے تھے۔

ایک دن وہ گھومتے پھرتے ایک ایسے قصبے میں جا نکلے جہاں بہت سے لوگ گلیوں میں جمع تھے اور ہر طرف افراتفری کا سماں تھا۔ "ہیلو! یہاں کیا ہو رہا ہے؟" الف نے پوچھا۔

"ارے تمھیں نہیں پتا؟" ایک بوڑھی عورت نے کہا۔ "کل رات زلزلہ آیا تھا اور لارڈ ہائی چانسلر کا محل اپنی جگہ سے ہل کر رہ گیا۔"

"اوہ! تو کیا محل گر پڑا؟" بے نے پوچھا۔ "نہیں! لیکن محل کی تقریباً ہر چیز ہی ٹوٹ پھوٹ گئی ہے۔" ٹوٹی پھوٹی چیزیں! "تینوں کے کان بیک وقت کھڑے ہوگئے۔ "تب ہماری وہاں ضرورت ہے، ہم محل جا کر تمام ٹوٹی پھوٹی چیزوں کی مرمت کریں گے۔ ہماری تو قسمت ہی بدل جائے گی۔ اتنا سارا کام اور وہ بھی لارڈ ہائی چانسلر کے محل میں، واہ!" انھوں نے ایک دوسرے کا ہاتھ تھاما اور ہنستے، گاتے محل کی جانب چل پڑے۔

"ہم ہیں تین بھائی، کریں گے خوب کمائی،
محل کی چیزیں جوڑیں گے، اپنی قسمت کھولیں گے۔"

"زیادہ خوش فہمی میں نہ رہنا، تم لوگوں کو کوئی زیادہ معاوضہ نہیں ملنے والا!" ایک دکان دار نے ان کے پیچھے سے آواز لگائی۔ "کیوں؟" تینوں بھائیوں نے اکھٹے پوچھا۔

"کیوں کہ چانسلر پوری ریاست کا کنجوس ترین آدمی ہے۔ وہ تو اپنے دیے کو ٹھنڈا کرنے کے لیے پھونک بھی نہیں مارتا کہ کہیں ایک سانس ضائع نہ ہو جائے۔"

تینوں بھائی ہنستے ہوئے آگے بڑھ گئے۔

محل ایک پہاڑی کے اوپر واقع تھا اور بے حد خوب صورت تھا لیکن اس کی ساری کھڑکیاں ٹوٹ چکی تھیں، تینوں بھائی محل کے پچھلے دروازے پر گئے اور دستک دی۔ کچن کی ایک ملازمہ نے دروازہ کھولا۔ "ہم مزدور ہیں، کیا محل میں

ہمارے کرنے کے لائق کوئی کام ہے؟" جیم نے ادب سے پوچھا۔ "ہاں کیوں نہیں۔" ملازمہ نے فوراً کہا۔ "تم لوگ اندر آجاؤ، میں جا کر پتا کرتی ہوں کہ چانسلر آپ لوگوں سے ملاقات کرسکتے ہیں یا نہیں۔" تینوں بھائی اندر آگئے۔ ملازمہ نے باورچی کو بتایا، باورچی نے ہیڈ باورچی کو، ہیڈ باورچی نے چپراسی کو اور چپراسی نے چانسلر کو اطلاع دی۔ "ہنھ! اندر بلاؤ انھیں۔" چانسلر نے کہا۔

تینوں بھائی چانسلر کے کمرے میں داخل ہوئے اور جھک کر سلام کیا۔ "جناب! ہم ٹوٹی پھوٹی چیزوں کی مرمت کرتے ہیں۔ کیا آپ ہم سے کام لینا پسند کریں گے؟" الف نے ادب سے کہا۔ "ہونھ! کل یہاں زلزلہ آیا تھا جس کی وجہ سے محل کی بہت سی چیزیں ٹوٹ پھوٹ گئی ہیں۔ تم لوگ یہاں کچھ دن رہ کر وہ سب چیزیں مرمت کرسکتے ہو مگر یاد رکھنا! کام بہترین ہونا چاہیے ورنہ تم سب کے سر قلم کرادوں گا۔"

"قلم کرانے کا کیا مطلب ہوتا ہے جناب؟" بے نے پوچھا۔ "ہونھ! حد ہوگئی، تمھیں اتنا بھی نہیں پتا؟ بہتر ہے تم لوگ دوبارہ اسکول میں داخلہ لے لو۔" چانسلر نے ناک سکوڑی۔ "لیکن جناب! یہ قلم کرنا ہوتا کیا ہے؟" جیم نے پوچھا۔ چانسلر کو خود معلوم نہیں تھا لہٰذا وہ بولا: "کیا احمقانہ سوال ہے! جاؤ اور جا کر فوراً اپنا کام شروع کرو۔"

تینوں بھائی گوند سے بھری شیشیاں جھلاتے ہوئے کمرے سے باہر نکل آئے۔ پہلے تو انھوں نے گھوم پھر کر محل کا جائزہ لیا پھر وہ اکٹھے بیٹھ گئے۔ "۴۵ کرسیاں"۔ الف بولا۔ "۲۳ تصاویر۔" بے بولا۔ "۷۰ پلیٹیں۔" جیم نے کہا۔ "دو سو چالیس

چائے کے کپ اور ایک سو بیس چینی کے پیالے۔" الف بولا۔ وہ تینوں خوشی سے اُچھلنے کودنے لگے۔

"اتنا کام تو کبھی نہ ملا، ہو گا ہمارا اب بھلا ہی بھلا۔

ہر چیز جو یہاں کی جڑ جائے گی، ہمارے تو قسمت سنور جائے گی۔"

اب ان لوگوں نے بے حد محنت سے اپنا کام شروع کیا۔ محل کے سب ملازم ان سے خوش تھے۔ وہ نہ صرف ایماندار اور محنتی تھے بلکہ خوش مزاج اور خوش اخلاق بھی بہت تھے۔ صرف چانسلر انھیں ناپسند کرتا تھا۔ اس کا خیال تھا کہ وہ اس کی اتنی عزت نہیں کرتے جس کا وہ مستحق تھا۔ تینوں بھائی جب صبح سویرے چانسلر سے ملتے تو اسے سلام کر کے کہتے:

"صبح بخیر لارڈ ہائی چانسلر، کیا سوئے اچھی طرح کل آپ رات؟ کیا ناشتہ کریں گے آپ پراٹھے کے ساتھ؟"

"ہونھ!" چانسلر جواب میں بس یہ کہہ کر تیزی سے آگے بڑھ جاتا۔

الف نے ایک نظم اس پر بھی بنائی اور کچن کے ملازمین کو سنائی:

"ہونھ وہ کہتے ہیں صبح اور شام، کیا نہیں آتا انھیں اور کوئی کام،

ہونھ وہ کہتے ہیں دن ورات، کیا نہیں کرنی آتی انھیں کوئی بات۔"

سب لوگ یہ سن کر ہنسی سے لوٹ پوٹ ہوگئے۔ جلد ہی یہ نظم اس قدر مقبول ہوگئی کہ محل کے سارے ملازم یہ گن گناتے سنائی دینے لگے اور پھر ایک دن چانسلر نے بھی سن لی۔ "بدتمیز لڑکے! میں قسم کھاتا ہوں کہ انھیں ایک پائی معاوضہ نہیں دوں گا۔" اس نے غصے میں مٹھیاں بھینچیں۔

چار ہفتے میں تینوں نے اپنا کام مکمل کر لیا۔ "اب ہم جا کر اپنی مزدوری مانگتے ہیں۔" الف بولا۔ "ہمیں بہت سارو پیہ مل جائے گا۔" بے بولا۔ "کم از کم سو پاؤنڈ۔" جیم نے اندازہ لگایا۔ وہ لارڈ چانسلر کے پاس گئے اور جھک کر سلام کیا۔ "جناب! ہم نے سارا کام مکمل کر لیا ہے، برائے مہربانی ہمیں ہمارا معاوضہ عنایت کر دیجیے۔"

"ہونھ! میں تمھیں ایک پائی بھی نہیں دوں گا۔" چانسلر غرایا۔ "کیا؟" تینوں بھائی چلائے۔ "لیکن ہماری مزدوری تو تقریباً سو پاؤنڈ بنتی ہے جناب!"

"سو پاؤنڈ؟ ہونھ! دفع ہو جاؤ! تم لوگ چار ہفتے میرے محل میں رہے، یہاں کھایا پیا، بستر استعمال کیے، یہی تم لوگوں کا معاوضہ ہے بدتمیز لڑکو! اب میں تم لوگوں کو یہاں ایک منٹ بھی مزید برداشت نہیں کروں گا۔"

"لیکن جناب!" جیم نے کہنا چاہا۔ "لیکن ویکن کچھ نہیں۔ تم لوگ جاتے ہو یا میں اپنے سپاہیوں کو بلواؤں؟" چانسلر چلایا۔ یہ سنتے ہی تینوں بھائیوں نے باہر کی طرف دوڑ لگادی۔ کچن میں پہنچ کر ان تینوں نے ایک دوسرے کی جانب مایوسی سے دیکھا۔ "ایک پائی بھی نہیں ملی!" الف بولا۔ "اور ہم نے اتنی محنت سے کام کیا تھا۔" ب بولا۔ "آؤ! وہ ساری چیزیں ہم دوبارہ توڑ دیتے ہیں جو ہم نے جوڑی تھیں۔" جیم نے کہا۔ "نہیں! اس کا کوئی فائدہ نہیں۔ مگر ہم چانسلر کو اس کی چالاکی اور کنجوسی کی سزا دیے بغیر نہیں جائیں گے۔" الف نے کہا۔

"ہاں! چیزیں توڑتے ہوئے تو ہم فوراً ہی پکڑے جائیں گے، کچھ اور سوچتے ہیں۔" بے نے کہا۔ تینوں سوچنے لگے اور آخر کار تینوں نے مختلف ترکیبیں سوچ ہی

لیں۔ "میں چانسلر کی چائے دانی کے کنڈے میں گوند لگادوں گا اور جب وہ صبح اپنی چائے نکالے گا تو کنڈے سے ہاتھ نہیں ہٹا سکے گا۔" الف نے کھل کھلاتے ہوئے کہا۔ "ہاہا! اور میں بیرونی دروازے پر پڑے پائیدان پر گوند لگادوں گا تاکہ جب وہ باہر نکلے تو اس کے پاؤں چپک کر رہ جائیں۔" بے مسکرایا۔ "ہی ہی! اور میں اس کے بہترین ہیٹ کے اندر گوند ڈال دوں گا تاکہ جب وہ اسے پہنے تو اُتار نہ سکے۔" جیم نے چہک کر کہا۔ "بہت خوب! تب اسے پتا چلے گا کہ گھٹیا اور کنجوس لوگوں کی کیا سزا ہوتی ہے۔" الف نے ہنستے ہوئے کہا۔ "ہم محل میں ہی چھپ کر سارا تماشا دیکھیں گے۔ بڑا مزا آئے گا۔" بے نے گوند کی بوتل اٹھاتے ہوئے کہا۔

صبح جب چانسلر ناشتے کی میز پر آیا تو میز پر ایک خط موجود تھا۔ چانسلر نے خط کھول کر پڑھنا شروع کیا۔ تینوں بھائی پردے کے پیچھے چھپے ہوئے تھے۔ "ملکہ اور بادشاہ سلامت آج یہاں تشریف لا رہے ہیں اور شام کی چائے ہمارے ساتھ نوش فرمائیں گے۔ واہ! کیا اعزاز کی بات ہے۔" چانسلر نے خط پڑھ کر چائے دان اٹھایا اور کپ میں چائے ڈالی مگر وہ چائے دان واپس میز پر نہ رکھ سکا کیوں کہ وہ اس کے ہاتھ سے چپک کر رہ گیا تھا! "اوہ! یہ کیا مصیبت ہے؟ میں اپنا ہاتھ چائے دان سے نہیں ہٹا سکتا۔ کیا یہ کوئی جادو ہے؟" اس نے اپنا ہاتھ الگ کرنے کی بہت کوشش کی مگر ناکام رہا۔ اس نے چائے دان گھما کر توڑنے کی کوشش کی مگر وہ زمین پر نہ گر سکا البتہ اس سے گرم، گرم چائے نکل کر اس کے اوپر گرنے لگی۔ چانسلر زور، زور سے چلانے لگا۔ بٹلر دوڑتا ہوا کمرے میں داخل ہوا، چپراسی اس کے پیچھے تھا۔ وہ حیرت سے چانسلر کو چیختے اور اچھلتے، کودتے دیکھنے لگے۔ چائے دان سے چائے نکل نکل کر

پورے کمرے میں گر رہی تھی۔ "جناب والا! نیا قالین خراب ہو رہا ہے!" بٹلر چلایا۔ "قالین خراب ہو رہا ہے؟ ارے! یہاں میرا انگوٹھا خراب ہو گیا۔ میرا انگوٹھا اس چائے دان سے الگ نہیں ہو پارہا۔ میں کیا کروں؟" چانسلر بھی چلایا۔ تینوں بھائی پردے کے پیچھے کھڑے ہو کر ہنس رہے تھے، مگر ان کی آواز کسی نے نہیں سنی کیوں کہ سب لوگ چانسلر کا انگوٹھا چائے دان سے الگ کرنے کی کوشش میں مصروف تھے۔ "اوہ! تم لوگ تو مجھے زخمی کر دو گے۔ دفع ہو جاؤ سب یہاں سے!" پھر محل کا ڈاکٹر آیا لیکن وہ بھی ناکام رہا۔ گوند بہت طاقتور تھی اور غریب چانسلر کو اپنا ناشتہ چائے دان پکڑے، پکڑے کرنا پڑا اور ساری صبح وہ جہاں بھی گیا، چائے دان اس کے ہمراہ تھا۔ "اور آج ہی بادشاہ اور ملکہ بھی آرہے ہیں۔ اُف! وہ میرے بارے میں کیا خیال کریں گے جب میں ان کا استقبال چائے دان کے ساتھ کروں گا۔" چانسلر نے پاؤں پٹخے، پھر وہ مرکزی دروازے پر جا کر اپنے سپاہیوں کو استقبال کے حوالے سے احکامات دینے لگا۔ اس کے بعد جب وہ اندر جانے کے لیے مڑا تو پلٹ نہ سکا۔ اس کے قدم پائے دان سے چپک کر رہ گئے۔ "یہ کیا ہوا؟ میں اپنے قدم نہیں اُٹھا پا رہا!" چانسلر چلایا۔ سپاہیوں کے منہ کھلے کے کھلے رہ گئے۔ وہ چانسلر کو پائے دان سے اترنے کی جدوجہد کرتے ہوئے دیکھتے رہے۔ پھر ایک سپاہی بولا: "اپنے جوتے اتار لیجیے جناب والا!" چانسلر اس مشورے پر عمل کرنے ہی والا تھا کہ اسے یاد آیا کہ اس کے ایک موزے میں بڑا سا سوراخ ہے لہٰذا وہ سپاہیوں کے سامنے جوتے نہیں اتار سکتا ہے، چنانچہ اب اس کے سوا کوئی چارہ نہ تھا کہ وہ پائے دان سمیت چھلانگ لگا کر اپنے کمرے میں چلا جائے اور اس نے یہی کیا، یہ بہت

مشکل کام ثابت ہوا خصوصاً سیڑھیوں پر اس طرح چلنا مگر وہ مجبور تھا۔ محل کے سب لوگ مغرور اور غصے ور چانسلر کو اس طرح اچھل، اچھل کر چلتے دیکھ کر حیرت زدہ تھے جس کے ہاتھ میں چائے دان اور پاؤں میں پائے دان چپکا ہوا تھا، جہاں تک تینوں بھائیوں کا تعلق تھا وہ مارے ہنسی کے ایک دوسرے سے بات کرنے کے بھی قابل نہیں تھے۔

چانسلر نے کمرے میں پہنچتے ہی اپنے جوتے اتار پھینکے اور دوسرے پہن لیے۔ بادشاہ اور ملکہ کی آمد کا وقت قریب تھا۔ اس نے جلدی سے اپنا بہترین ہیٹ سر پر لگایا اور نیچے اتر کر مرکزی دروازے پر مہمانوں کا استقبال کرنے پہنچ گیا۔ وہ ظاہر کر رہا تھا جیسے چائے دان ہاتھ میں لے کر مہمانوں کا استقبال کرنا کوئی عجیب بات نہ ہو، جیسے ہی معزز مہمان محل کے دروازے پر آئے، سب لوگوں نے اپنے، اپنے ہیٹ اتار کر جھک کر سلام کیا، چانسلر نے بھی ایسا ہی کرنا چاہا مگر وہ سر سے ہیٹ نہ اتار سکا، ہیٹ اس کے سر پر چپک کر رہ گیا تھا۔

بادشاہ اور ملکہ نے ہاتھ کے اشارے سے سب کے سلام کا جواب دیا اور محل کے دروازے سے اندر داخل ہوئے جہاں چانسلر کھڑا تھا، بادشاہ نے اسے تعجب سے دیکھا کیوں کہ چانسلر کے ایک ہاتھ میں چائے دان اور سر پر ہیٹ ابھی تک موجود تھا۔ "یہ ضرور پاگل آدمی ہے۔" بادشاہ نے سوچا۔ چانسلر کے پیچھے پیچھے چلتے ہوئے وہ اندر آئے اور اپنی خصوصی نشستوں پر جلوہ افروز ہوئے۔ چانسلر کے سر پر ہیٹ ابھی تک موجود تھا جو شاہی آداب کے خلاف تھا۔ "اپنا ہیٹ اتار لو چانسلر!" آخر کار بادشاہ نے بے صبری سے کہا۔ "نہیں نہیں اتار سکتا جناب عالی!" چانسلر نے ہکلاتے

ہوئے کہا، "مجھ پر صبح سے ہی کسی نے جادو کر دیا ہے۔ آج صبح میں چائے دان سے اپنے ہاتھ نہیں ہٹا سکا، پھر آج دوپہر میں پائے دان سے اپنے پاؤں نہیں ہٹا سکا اور اب میں اپنا ہیٹ نہیں اتار سکتا۔" درباری چپکے، چپکے ہنس رہے تھے۔ بادشاہ اپنی نشست سے اٹھا اور غور سے چانسلر کے ہیٹ کو دیکھا، پھر بولا۔ "یہ جادو نہیں گوند ہے۔"

"گوند؟" سب حیرت سے چلائے۔ "گوند؟" چانسلر غصے سے چلایا۔

"ہاں گوند۔" بادشاہ نے کہا۔ "تو پھر یہ ضرور الف، بے اور جیم کی حرکت ہے۔ انھیں فوراً ڈھونڈ کر لاؤ سپاہیو!" چانسلر چلایا اور چند ہی لمحوں میں تینوں بھائیوں کو پکڑ کر بادشاہ کے حضور پیش کر دیا گیا۔ "اس نامناسب حرکت کا مطلب کیا تھا؟" بادشاہ نے پوچھا۔ تینوں بھائی بادشاہ کی غصیلی آواز سن کر تھر، تھر کانپنے لگے۔ "جناب! ہم چار ہفتے تک اس محل کی ٹوٹی پھوٹی چیزوں کی مرمت کرتے رہے اور ہم نے اپنا کام پوری ایمان داری اور محنت سے کیا مگر جب ہم نے اپنے کام کا معاوضہ طلب کیا تو چانسلر نے ہمیں ایک پائی دینے سے انکار کر دیا۔" آخر الف نے ڈرتے ڈرتے کہا۔ "اوہ! کیا یہ سچ ہے؟" بادشاہ نے چانسلر سے پوچھا۔ "جی!" چانسلر کا چہرہ شرمندگی سے سرخ ہو گیا۔ "تب تو تم سزا کے حق دار ہو۔" بادشاہ بولا اور پھر تینوں بھائیوں کی طرف مڑا۔ "مگر تم تینوں بھائیوں کو کوئی حق نہیں تھا کہ چانسلر کو اس طریقے سے خود سزا دو، تم اچھی طرح جانتے ہو کہ اگر تمھیں چانسلر سے کوئی شکایت تھی تو تم کو میرے پاس آکر کرنی چاہیے تھی۔ میں تم لوگوں کو چانسلر سے تمھارا معاوضہ دلواتا، تم لوگوں نے بہت احمقانہ حرکت کی ہے اور اس حرکت سے

تم لوگوں کو اپنا معاوضہ بھی وصول نہیں ہوا۔"

"ہم معافی چاہتے ہیں جناب!" تینوں بھائیوں نے سر جھکاتے ہوئے کہا۔ "میں تم لوگوں کو اپنے محل میں ملازمت دیتا ہوں کیوں کہ تم لوگوں پر اتنا بھروسہ نہیں کیا جاسکتا کہ اپنے لیے خود کام تلاش کرو اور جب چاہو، لوگوں کو اپنی احمقانہ حرکتوں سے پریشان کرو، چاہے وہ چانسلر ہو یا اس سے زیادہ بہتر کوئی انسان!"

"جی جناب عالی!" تینوں بھائیوں نے سعادت مندی سے کہا اور فرشی سلام کرتے ہوئے باہر نکل گئے۔ چانسلر چائے دان ہاتھ میں پکڑے غصے سے انھیں گھورتا رہ گیا۔

***

بد تمیز لڑکا [The Boy Who Made Faces]

ولی ایک چھوٹا سا خوب صورت لڑکا تھا۔ اُس کی امی کے خیال میں وہ خاندان کا سب سے خوب صورت بچہ تھا۔ لیکن وہ یہ نہیں جانتی تھیں کہ ولی اُن کی غیر موجودگی میں کس قدر بد صورت ہو جاتا ہے۔

وہ ننھے بچوں کو ڈرانے کے لیے طرح طرح کی شکلیں بناتا تھا اور اپنے اساتذہ کی بھی نقلیں اتارتا تھا۔ ناک چڑھانا، گال پھلانا، بھینگا بن جانا اور زبان چڑانا اُس کے پسندیدہ مذاق تھے۔ ایک دن اسکول کے راستے میں اُسے ایک بوڑھا فقیر نظر آیا۔ ولی نے حسب عادت اسے زبان چڑائی اور اپنی آنکھیں بھینگی کر لیں۔ بوڑھا فقیر کچھ دیر تو خاموش رہا پھر اُس سے رہا نہیں گیا اور وہ کہنے لگا:

"اپنی حرکتیں درست کر لو! کہیں ایسا نہ ہو کہ تم ہمیشہ کے لیے بھینگے ہو جاؤ یا تمھاری زبان باہر لٹک آئے۔"

ولی کو یہ بات سُن کر بہت غصہ آیا اور وہ پاؤں پٹختا ہوا کوئی جواب دیئے بغیر آگے چل پڑا۔

اور پھر ایک عجیب بات ہو گئی۔ اس دوپہر جب ولی اسکول سے واپس گھر جا رہا تھا تو اسے راستے میں ایک اخبار بیچنے والا نظر آیا۔ ولی نے اُسے دیکھ کر زبان چڑائی اور

آنکھیں بھینگی کرلیں۔ جب وہ ذرا آگے بڑھا تو اُسے محسوس ہوا کہ اُس کی آنکھیں مستقل طور پر بھینگی ہو گئی ہیں اور اس کی زبان بار بار منہ سے باہر نکلی آ رہی ہے۔

"اوہ! یہ مجھے کیا ہو رہا ہے۔ میری آنکھوں میں درد شروع ہو گیا ہے اور یہ میں اپنی زبان منہ کے اندر کیوں نہیں رکھ پا رہا۔ ارے اُف! سامنے سے ہیڈ ماسٹر صاحب چلے آ رہے ہیں۔ بہتر ہے کہ میں سڑک پار کر کے دوسری طرف چلا جاؤں۔" ولی نے پریشان ہو کر سوچا۔ لیکن اتنی دیر میں ہیڈ ماسٹر قریب پہنچ چکے تھے۔ "دن بخیر ولی! گھر جا رہے ہو؟"

ولی نے جواب دینا چاہا تو اس کی زبان خود بخود باہر نکل آئی، آنکھیں پہلے ہی بھینگی ہو رہی تھیں۔ یہ دیکھ کر ہیڈ ماسٹر صاحب حیرت اور غصے سے کانپ اُٹھے۔ اس سے پہلے کہ وہ ولی کی خبر لیتے، ولی وہاں سے نو دو گیارہ ہو چکا تھا۔

ولی اب سخت پریشان ہو چکا تھا۔ وہ ٹھیک سے راستہ بھی نہیں دیکھ پا رہا تھا۔ دانتوں میں زبان دبائے رکھنے کی کوشش کرتے کرتے اُس کے دانت اور زبان دکھنا شروع ہو گئے تھے۔ آخر نے کار وہ اپنے گھر پہنچ گیا۔

"ولی! آج تم بہت دیر سے آئے ہو۔" اس کی امی نے اُسے دیکھتے ہوئے کہا۔ "جلدی سے منہ ہاتھ دھو کر آؤ اور کھانا کھالو۔"

ولی نے منہ ہاتھ دھویا اور کھانے کے کمرے میں آ گیا۔ اُس نے بڑی مشکلوں سے اپنی زبان دانتوں تلے دبائی ہوئی تھی۔ اپنی امی کی طرف دیکھے بغیر وہ نظریں جھکا کر کھانا کھانے میں مصروف ہو گیا۔ اس دوران اُس کی زبان دانتوں کے ساتھ مل کر کھانے میں اتنی مصروف ہو گئی کہ ولی چند لمحے کے لیے اپنی پریشانی بالکل

بھول گیا۔ اُس کی امی نے پوچھا: "ولی! آج اسکول میں تمھارا ٹیسٹ کیسا رہا؟"

ولی نے اُن کی طرف دیکھا اور جواب دینے کے لیے منہ کھولا ہی تھا کہ اُس کی زبان منہ سے باہر نکل آئی۔ اُس کی امی پر حیرت کے پہاڑ ٹوٹ پڑے۔

"ولی! تم مجھے زبان کیوں چڑا رہے ہو؟ اور یہ تم نے اپنی آنکھوں کو بھینگا کیوں کیا ہوا ہے؟ تمھارا دماغ تو ٹھیک ہے؟" وہ غصے میں چلائیں۔ لیکن ولی زبان چڑاتا رہا کیوں کہ وہ ایسا کرنے پر مجبور تھا۔ اُس کی امی سے برداشت نہ ہوا۔

"ولی! اپنے کمرے میں جاؤ! آج شام تم کھیلنے کے لیے باہر نہیں جاؤ گے۔" انھوں نے اُس کا بازو پکڑ کر کمرے سے باہر نکال دیا۔ شام میں جب اُس کے والد گھر آئے تو وہ بہت غصے میں تھے۔

"ولی کہاں ہے؟ آج اُس کے ہیڈ ماسٹر صاحب مجھ سے ملے اور انھوں نے شکایت کی ہے کہ ولی نے اُن کو منہ چڑایا ہے۔ میں اس قسم کی بدتمیزی بالکل برداشت نہیں کر سکتا۔ کہاں ہے وہ؟"

"وہ اپنے کمرے میں ہے۔ آج وہ مجھے بھی آنکھیں بھینگی کر کے زبان چڑا رہا تھا۔ میں نے سزا کے طور پر اسے اپنے کمرے میں رہنے کو کہہ دیا تھا۔ پتہ نہیں، آج اُسے کیا ہو گیا ہے!" امی نے حیرت اور فکر مندی سے کہا۔

"اسے جو بھی ہوا ہو، میں اُسے دو منٹ میں ٹھیک کر دوں گا۔" ولی کے والد یہ کہتے ہوئے اوپر ولی کے کمرے کی طرف لپکے، ولی نے قدموں کی چاپ سنی اور گھبراہٹ میں بستر کے اندر گھس کر چادر تان لی۔

"اوہ! کاش میری زبان ابو کے سامنے باہر نہ نکلے، ورنہ میری تو آج خیر نہیں

ہے۔" ولی نے ڈرتے ہوئے سوچا۔

"ولی!" اس کے والد نے کمرے میں داخل ہوتے ہوئے کہا۔ "مجھے پتہ ہے تم جاگ رہے ہو۔ یہ میں نے تمھارے ہیڈ ماسٹر سے کیا سنا ہے؟ تم نے ان کو زبان چڑائی ہے؟ تمھارا دماغ تو نہیں چل گیا ہے؟ بتاؤ! یہ سچ ہے یا نہیں؟"

ولی نے مجبوراً چادر منہ سے ہٹائی اور نفی میں سر ہلایا۔

"سر کیا ہلا رہے ہو؟ مجھے منہ سے جواب دو، ہاں یا نہیں!" اس کے والد نے غصے کہا۔ اور یہ تم نے آنکھیں کیوں چڑھائی ہوئی ہیں؟"

"اوہ ابو!" ولی نے وضاحت کرنے کے لیے منہ کھولا لیکن اپنا جملہ مکمل نہ کر سکا کیوں کہ اسی وقت اُس کی زبان منہ سے باہر نکل آئی۔

یہ حرکت دیکھ کر اُس کے والد کا پارہ چڑھ گیا۔ ولی کے ابو غصے کے بہت تیز تھے۔ کچھ نہ پوچھیے کہ اس کے بعد ولی کی کیسی شامت آئی۔

بہر حال صرف یہ بتانا کافی ہو گا کہ پٹائی کے بعد ولی کی زبان واپس اندر چلی گئی۔ شاید وہ بھی ولی کے ابو کے غصے سے ڈر گئی تھی۔ لیکن اُس کی آنکھیں ابھی بھی بھینگی ہیں۔ آنکھوں کے ڈاکٹر نے کہا ہے کہ علاج مکمل ہونے تک ولی کو چشمہ لگانا ہو گا۔ ولی کو چشمہ لگانا بالکل پسند نہیں تھا لیکن اب وہ ایسا کرنے پر مجبور ہے۔ یہ لوگوں کا مذاق اُڑانے اور خدا کی عطا کردہ اچھی بھلی شکل کو بگاڑنے کی سزا تھی جو اسے ہر صورت کاٹنی تھی۔ بے چارہ ولی!!

***

بُرائی کا سفر [It came back to him in the end]

ان واقعات کا آغاز اس وقت سے ہوا جب ٹام نے ایک بری اور احمقانہ حرکت کی۔ وہ بس اسٹاپ پر دو اور لڑکوں کے ساتھ گھر جانے والی بس کے انتظار میں بیٹھا تھا۔ بینچ کے دوسرے سرے پر مسز مائیک بیٹھی تھیں جو بس کے انتظار میں بیٹھے بیٹھے تقریباً سو چکی تھیں۔ ان کے برابر میں شاپنگ کی ٹوکری رکھی تھی۔ جو اوپر تک بھری ہوئی تھی۔ ایک لڑکے نے ٹام کو ٹہوکا دیا۔ "تم نے دیکھا، بوڑھی خاتون کی ٹوکری میں سب سے اوپر کیا رکھا ہے؟" ٹام نے دیکھا۔ مسز مائیک نے اپنے پوتے کے لیے چاکلیٹ کی بڑی بار خریدی تھی اور وہ باسکٹ میں سب سے اوپر موجود تھی۔ "اسے نکال لو!" لڑکے نے ٹام سے دوبارہ سرگوشی کی۔ "وہ سو رہی ہیں اور ان کو پتہ بھی نہیں چلے گا۔ ہمت کرو!"

ہمت کا غلط استعمال بعض دفعہ احمقانہ ہوتا ہے۔ وہ آپ کو خطرناک یا برے کاموں پر اکساتا ہے اور آپ کو "نہیں" کہنے کے لیے بہت عقل مندی اور بہادری کی ضرورت ہوتی ہے۔ ٹام عقل مند نہیں تھا اور نہ ہی اتنا بہادر کہ اپنے ساتھی لڑکوں کو انکار کرنے کی جرات کر سکے۔ لہٰذا وہ آہستہ آہستہ چلتے ہوئے مسز مائیک کی جانب بڑھا۔ اسے امید تھی کہ اس برے کام کو کرنے سے پہلے پہلے بس آ جائے گی

اور اس کی بہادری کا بھرم رہ جائے گا۔ ٹام حقیقتاً برا لڑکا نہیں تھا۔ وہ صرف دوسرے لڑکوں کو یہ دکھانا چاہتا تھا کہ وہ بہت ہوشیار اور بہادر لڑکا ہے۔ اس نے ٹوکری میں اپنا ہاتھ ڈالا، اس کی انگلیاں چاکلیٹ سے ٹکرائیں اور اس نے آہستہ آہستہ اسے اوپر اٹھالیا اور پھر اچانک کچھ اور ہو گیا۔

کسی طرف سے اچانک ایک بڑا کتا اچھلتا ہوا آیا اور اس سے ٹکرا گیا۔ چاکلیٹ اس کے ہاتھ سے نکل کر زمین پر گر پڑی اور کتا ایک دم اس پر جھپٹ پڑا۔ اس نے چاکلیٹ کو کاغذ سمیت دو ٹکڑوں میں دبائی ہوئی تھی۔ مسز مائیک جاگ اٹھیں۔ انھوں نے کتے کو اپنی قیمتی چاکلیٹ کھاتے ہوئے دیکھا۔ تو وہ سخت غصہ ہوئیں۔ انھوں نے اپنی چھتری اٹھائی اور کتے کو پیٹنا شروع کر دیا۔۔۔ "عف۔۔۔ عف"۔۔۔ کتا تکلیف سے چلانے لگا۔ تینوں لڑکے خوف زدہ ہو کر یہ منظر دیکھ رہے تھے۔ ٹام چقندر کی طرح سرخ ہو رہا تھا۔ اس کی غلطی کی سزا کتے کو مل رہی تھی۔ وہ اتنا جرات مند تو تھا کہ دوسرے لڑکوں کے کہنے پر ایک غلط حرکت کر کے دکھادے تاہم وہ اتنا بہادر نہیں تھا کہ اپنے جرم کا اقبال کر سکے۔ لہٰذا وہ کتے کو بے دردی سے پٹتے ہوئے دیکھتا رہا۔

ایک غصیلی آنکھوں والی عورت جو کتے کی مالکن تھی۔ اب وہاں پہنچ چکی تھی اور چلا رہی تھی۔ "تمہاری جرات کیسے ہوئی میرے کتے کو اس طرح مارنے کی! اپنی چھتری فوراً نیچے رکھو! میں تمہیں بتا رہی ہوں۔ بے چارہ کتا! تم نے تو تقریباً اس کی کمر ہی توڑ دی ہے۔ مجھے تو اس بات پر حیرت ہے کہ اس نے تم پر حملہ کیوں نہیں کیا!"

"اس نے میری ٹوکری سے چاکلیٹ چرائی ہے۔" مسز مائیک چلائیں: "یہ چور

کتا ہے۔ لوگوں کی ٹوکریوں سے چیزیں اٹھاتا ہے۔"

"مجھے یقین ہے کہ یہ کبھی ایسی حرکت نہیں کر سکتا۔" دوسری عورت نے اپنے کتے کو نرمی سے تھپ تھپاتے ہوئے کہا: "اس نے اپنی زندگی میں کبھی کوئی چیز نہیں چرائی۔ تمھیں میرے کتے کو اس بے دردی سے مارنے پر معافی مانگنی ہو گی ورنہ اچھا نہیں ہو گا۔"

"میں ایک کتے سے معافی نہیں مانگوں گی۔" مسز مائیک نے اپنی چیزیں سمیٹتے ہوئے کہا کیوں کہ انھوں نے بس کو آتے ہوئے دیکھ لیا تھا۔ "اور مزید یہ کہ تم میرا کچھ نہیں بگاڑ سکتیں۔" دوسری عورت مسز مائیک کو بس میں سوار ہوتے دیکھ کر چلائی: "اوہ! تو تمہارا خیال ہے کہ میں تمہارا کچھ نہیں بگاڑ سکتی؟ خیر! تو سن لو! تم میری دکان سے اپنی بلی کے لیے مچھلی کی آلائش خریدتی ہو ناں! مگر اب تم میری دکان سے مزید خریداری نہیں کر سکو گی۔"

وہ عورت دراصل مسز جیک تھی، جس کی قصبے میں مچھلی کی واحد دکان تھی۔ ہر دوسرے دن وہ مسز مائیک کی بلی کے لیے مچھلی کی آلائش کا ایک پارسل بنا کر انھیں دیتی تھی۔ بلی کو مچھلی کی آلائش بہت پسند تھی اور وہ بے چینی سے ان کے پکنے کا انتظار کرتی تھی۔ مسز جیک تینوں لڑکوں کی طرف مڑیں جو خود بھی بس میں سوار ہو رہے تھے: "میرے کتے کو چور کہنے پر میں اسے ضرور سبق سکھاؤں گی ورنہ کل کو وہ کہے گی کہ تم لوگ بھی چور ہو!"

ٹام یہ بات سن کر پہلے سے زیادہ سرخ ہو گیا۔ وہ واقعی بہت شرمندہ تھا مگر غلط حرکت تو سرزد ہو چکی تھی اور جس وقت ٹام اقبالِ جرم کر کے اس کا ازالہ کر سکتا تھا،

وہ ڈر کے مارے نہیں کر پایا تھا۔

مسز جیک اپنی بات کی پکی تھی۔ اس نے مچھلی کی تمام آلائش مسز مورس کو ان کی سیامی بلی کے لیے دے دی۔ جب مسز مائیک دکان پر آئیں تو ان کے خریدنے کے لیے ایک چھیچھڑا بھی نہیں بچا تھا۔

"میں تمہیں پہلے ہی بتا چکی ہوں کہ میں تمہیں مزید آلائش نہیں دے سکتی کیونکہ تم نے میرے کتے کو مارا تھا۔" مسز جیک نے سختی سے کہا۔ "ہاں! تم اپنی بلی کے لیے پوری مچھلی خرید سکتی ہو۔ دس پنس کی آلائش خریدنے کے بجائے تم کو پچاس پنس کی مچھلی خریدنی ہوگی۔"

"تم جانتی ہو کہ میں اتنی مہنگی مچھلی نہیں خرید سکتی۔" مسز مائیک نے مایوس ہو کر کہا۔ "یہ تو تمہیں اس وقت سوچنا چاہیے تھا جب تم نے میرے کتے کو مارا تھا اور اسے چور کہا تھا۔" مسز جیک نے سرد مہری سے کہا: "اب ذرا اگلے گاہک کے لیے راستہ چھوڑ دو!"

مسز مائیک خالی ہاتھ گھر گئیں تو ان کی بلی دروازے پر بیٹھی ان کا انتظار کر رہی تھی۔ مچھلی کی بو نہ پا کر وہ میاؤں، میاؤں کرنے لگی۔ "میری غریب بلی! آج سے تمہیں مچھلی نہیں ملے گی۔" مسز مائیک نے افسردہ لہجے میں کہا۔ "میں تمہیں اپنے کھانے میں سے بچا کھچا دوں گی مگر وہ تمہارا پیٹ بھرنے کے لیے ناکافی ہوگا۔ اب سے تمہیں اپنا پیٹ بھرنے کے لیے خود کھانے کی تلاش کرنی ہوگی۔" بلی نے مچھلی کے لیے کافی دیر تک انتظار کیا۔ مگر وہاں مچھلی ہوتی تو ملتی۔ مسز مائک نے اپنے کھانے میں سے بچا کچھا اس کو دیا مگر وہ بڑی بلی تھی اور ہمیشہ ہی بھوکی رہتی تھی۔ چند

ہی دنوں میں وہ دبلی پتلی اور فاقہ زدہ نظر آنے لگی۔ پیٹ بھرنے کی خاطر وہ باہر گلی میں گھومتی رہتی۔ وہ جانتی تھی کہ لوگوں کے گھروں کے آگے رکھے کوڑے دانوں میں لوگ ہر طرح کی چیزیں پھینکتے ہیں اگر وہ کسی طرح کوڑے دان کا ڈھکن ہٹا سکے تو وہ اندر جا کر اپنی پسند کا کھانا تلاش کر سکتی ہے۔

وہ ایک بڑی اور ذہین بلی تھی۔ اس نے جلد ہی سیکھ لیا کہ کوڑے دان کا ڈھکن کیسے ہٹایا جا سکتا ہے۔ وہ چھلانگ لگا کر کوڑے دان کا ڈھکن فرش پر گرا دیتی اور پھر اندر گھس کر اپنی پسند کی چیزیں ڈھونڈ کر کھایا کرتی تھی۔

ایک دن چوہا محلے میں آ گیا۔ وہ ایک بڑا لیکن نسبتاً کمزور چوہا تھا، کیوں کہ پچھلے دو ہفتوں سے اسے کھانے کو خاطر خواہ نہیں ملا تھا۔ بلی کی بو پا کر وہ خوف زدہ ہو گیا۔ اس نے چھپ کر بلی کی نگرانی کا فیصلہ کیا تا کہ پتہ چل سکے کہ بلی کہاں رہتی ہے تا کہ وہ اپنی حفاظت کا بندوبست کرے اور پھر چوہے نے دریافت کر لیا کہ بلی کو ڑے دانوں کے پاس جاتی ہے اور جھٹکے سے ڈھکن گرا کر اندر بیٹھ کر کھانا کھاتی ہے۔ چوہا یہ دیکھ کر خوش ہو گیا۔ "میں بھی کوڑے دان کا ڈھکن ہٹانے میں کامیاب نہیں ہو سکا۔" اس نے سوچا: "یہ تو بڑی اچھی بات ہے! میں انتظار کروں گا جب تک بلی ایک کوڑے دان کو چھوڑ کر اگلے کا رخ نہیں کرتی اور پھر جیسے ہی وہ آگے چلی جائے گی، میں اس کے پیچھے ہر کوڑے دان کے اندر گھسوں گا۔ جو کچھ بلی سے بچ رہے گا وہ میرے لیے بہت کافی ہو گا۔"

پھر اس نے ایسا ہی کیا۔ ہر رات ایک محفوظ فاصلے پر رہتے ہوئے وہ بلی کا پیچھا کرتا اور کھلے ہوئے کوڑے دانوں میں گھس کر کھانا کھاتا۔ کچھ ہی عرصے میں وہ بہت

موٹا تازہ اور خوش حال ہو گیا۔ اب چوہے نے سوچنا شروع کر دیا کہ اسے شادی کر لینی چاہیے۔ "میں اپنے خاندان کے لیے ہمیشہ اچھے سے اچھا کھانا ڈھونڈ سکتا ہوں۔" اس نے سوچا: "ہاں! میں اب ایک خوب صورت چوہیا سے شادی کروں گا۔" لہٰذا جلد ہی اس نے شادی کر لی اور وہ ایک باغیچے میں بل بنا کر رہنے لگے۔ ان کے ہاں دس بچے پیدا ہوئے۔ چوہا اور چوہیا بہت خوش تھے۔ "جلد ہی ہم پورے محلے پر چھا جائیں گے۔" چوہے نے کہا: "اگرچہ ہمیں کوئی پسند نہیں کرتا ہے مگر مجھے اس کی کوئی پروا نہیں ہے۔ جب تک بلی ہمارے لیے کوڑے دانوں کے ڈھکن اٹھاتی رہے گی۔ ہمیں کھانے پینے کی کوئی تکلیف نہیں ہو گی لیکن جلد ہی محلے کے لوگ رات میں کوڑے دانوں کے ڈھکن گرنے کی آوازیں سن سن کر تنگ آ گئے۔ کچھ لوگوں نے رات کو گلی کی نگرانی کا فیصلہ کیا اور آخر کار مسٹر ولسن نے بلی کو پکڑ ہی لیا۔ "ارے! یہ تو مسز مائیک کی بلی ہے!" وہ چلائے: "انھیں اپنی بلی کو رات کے وقت گھر میں بند کر کے رکھنا ہو گا۔ ہم اسے اجازت نہیں دے سکتے کہ یہ روز رات میں ہمارے کوڑے دانوں کے ڈھکن اٹھا اٹھا کر پھینکے اور کوڑا بکھیر کر چلی جائے۔ ہرگز نہیں!"

محلے داروں نے مسز مائیک کو اپنا فیصلہ سنایا۔ لہٰذا مسز مائیک رات کے وقت اپنی بلی کو گھر میں بند کر کے رکھنے پر مجبور ہو گئیں اور یوں رات کو محلے کے کوڑے دانوں کے ڈھکن گرانے اور کھانا چرانے کا سلسلہ بند ہو گیا۔ جب رات کو چوہا گلی میں نکلا تو یہ دیکھ کر سخت حیران اور غصہ ہوا کہ تمام کوڑے دانوں کے ڈھکن اپنی جگہ پر لگے ہوئے ہیں۔ وہ خود سے انھیں ہٹانے کے قابل نہیں تھا۔ لہٰذا وہ اپنے اور بیوی، بچوں کے لیے کھانا تلاش نہ کر سکا۔ "اس کا کوئی فائدہ نہیں کہ ہم بلی کے پاس یہ

پوچھنے کے لیے جائیں کہ اب وہ راتوں کو کوڑے دانوں میں کھانا ڈھونڈنے کیوں نہیں جاتی۔" اس نے چوہیا سے کہا۔ "وہ الٹا مجھ پر ہی جھپٹ پڑے گی۔ سب بلیلاں ایسی ہی ہوتی ہیں۔"

"اچھا خیر! پھر کھانا ڈھونڈنے کے لیے تمہیں خود باہر نکلنا پڑے گا۔" چوہیا نے کہا: "ہمارے دس بچے ہیں اور ان کا پیٹ بھرنا مشکل کام ہے۔ جاؤ جا کر اچھی طرح باہر کھانا تلاش کرو۔" چوہے نے ساری رات کھانا تلاش کیا مگر وہ صرف آلو کے کچھ پرانے چھلکے ہی ڈھونڈ سکا۔ "یہ ہمارے بڑے کنبے کا پیٹ بھرنے کے لیے کافی نہیں!" چوہیا نے کہا۔ "ہمیں اس سے زیادہ محنت کرنی ہو گی۔ کیا تم کچھ چوزے یا بطخ کے بچے تلاش نہیں کر سکتے؟ اگر آس پاس کوئی فارم ہے تو وہاں جا کر دیکھو۔"

اب سنیے! ٹام کے والد کا فارم چوہے کے گھر سے بہت نزدیک تھا۔ ٹام کو فارم پر رہنے والے گھوڑے، گائے، بھیڑ، بطخ اور مرغیوں سمیت تمام جانوروں سے پیار تھا۔ اس سال اس کی بطخ نے دس بچے دیے تھے۔ جو ایک ڈبے میں اپنی ماں کے ساتھ رہتے تھے اور ایک رات چوہے نے ان کی بو پالی۔ وہ پنجوں کے بل چلتا ہوا ڈربے کے قریب گیا اور اپنی ناک ڈربے کی جالیوں سے لگا دی۔ بطخ نے فوراً اپنی چونچ ماری اور وہ پیچھے ہٹ گیا۔ گھر واپس جا کر اس نے چوہیا کو بتایا: "وہاں باڑے پر بطخ کے بچے ہیں، ایک بے وقوف بطخ ان کی نگران ہے۔ میں جلد ہی ان سب کو حاصل کرلوں گا۔"

چوہا بہت عیار اور مکار تھا۔ اس نے ڈربے کی پچھلی سمت ایک چھوٹا سا سوراخ تلاش کرلیا اور وہاں سے جالی کترنے لگا۔ بطخ کوئی آواز نہ سن سکی۔ جب وہ سوراخ اتنا

بڑا ہو گیا کہ چوہا اندر گھس سکے تو اس نے جھپٹا مار کر ایک ننّھے بچے کو دبوچ لیا۔ بچہ خوف سے چلایا مگر اس سے پہلے کہ ماں کچھ کر سکتی، چوہا بچے کو لے کر فرار ہو چکا تھا۔ اس رات وہ تین بچے لے گیا۔ بے چاری بطخ دڑبے میں ادھر سے ادھر دوڑتی بھاگتی اور چیختی رہی مگر وہ مکار چوہے کا کچھ نہیں بگاڑ سکی۔

جب اگلے دن ٹام بطخ کے بچے دیکھنے گیا تو وہاں صرف سات بچے رہ گئے تھے۔ وہ بہت پریشان ہوا۔ تین بچے کہاں گئے؟ کیا کوئی چوہا انھیں لے گیا؟ اس نے دڑبہ اٹھا کر دوسری جگہ رکھ دیا مگر چوہے نے جلد ہی نئی جگہ بھی تلاش کر لی۔ ہفتے کے آخر تک ایک بچہ بھی نہ بچ سکا۔ چوہے نے سب شکار کر لیے۔ ٹام آنکھوں میں آنسو بھر کر اپنی امی کے پاس گیا۔ "امی! میرے سارے چوزے چوہا لے گیا۔ وہ اتنے پیارے بچے تھے۔ میں نے تو سوچا تھا کہ جب وہ بڑے ہو کر انڈے دیں گے تو میں انھیں فروخت کروں گا۔"

"مجھے بھی افسوس ہے ٹام!" اس کی امی نے کہا۔ "یہ میرے ساتھ ظلم ہے!" ٹام نے آنسو بہاتے ہوئے کہا۔ "میں نے آخر ایسا کیا کیا تھا۔ میرے ساتھ اتنا بُرا ہوا۔ میں نے تو کبھی کسی کے ساتھ برا نہیں کیا۔"

ٹام یہ کہتے ہوئے بھول گیا تھا کہ اس نے کچھ عرصے پہلے ہی مسز مائیک کی ٹوکری سے چاکلیٹ چرا کر برائی کا آغاز کیا تھا۔ وہ یہ بھی بھول گیا تھا کہ مسز مائیک نے، مسز جیک کے کتے کو چاکلیٹ چرانے کے جرم میں کس بے دردی سے مارا تھا اور وہ خاموشی سے کھڑا تماشا دیکھتا رہا تھا۔ اسے اندازہ نہیں تھا کہ اس لڑائی کی وجہ سے مسز جیک، مسز مائیک کی بلی کے لیے مچھلی کی آلائش دینا بند کر دیں گی جس کی وجہ

سے ان کی بلی لوگوں کے کوڑے دانوں کے ڈھکن الٹ کر کھانا ڈھونڈنا سیکھ لے گی۔ وہ یہ بھی نہیں جانتا تھا کہ ایک چوہا ان کے محلے میں آجائے گا اور کھلے ہوئے کوڑے دانوں میں موجود کھانا پا کر شادی کرے گا اور اس کھانے پر ایک بڑے خاندان کی پرورش شروع کرے گا۔ ٹام یہ اندازہ نہیں لگا سکتا تھا کہ جب بلی کو رات کے وقت گھر میں بند کر دیا جائے گا تو وہ کوڑے دان نہیں کھول سکے گی اور چوہے کو اپنے خاندان کا پیٹ بھرنے کے لیے اس کے باڑے کا رخ کرنا پڑے گا اور یوں برائی کے اس سفر کا انجام اس کے چوزوں کی موت پر ہو گا۔

بے چارہ ٹام! وہ واقعی نہیں جانتا تھا کہ ایک برائی دوسری بہت سی برائیوں کا راستہ کھول دیتی ہے اور گھوم پھر کر اس برے کام کے نتائج آخر اسی شخص کو بھگتنا پڑتے ہیں جس نے برائی کا آغاز کیا ہوتا ہے۔ میرا خیال ہے کہ مجھے ایک اچھے کام کی بنیاد رکھنی چاہیے تاکہ واپس پلٹ کر بھی آخرکار میرے پاس اچھائی ہی آئے، برائی نہیں!! آپ کا کیا خیال ہے؟

***

تم اچھی ہو! [Staying with Auntie Sue]

"مینی! میں اور تمھارے ابو ضروری کام کے سلسلے میں شہر سے باہر جا رہے ہیں۔ ہم تمھیں آنٹی سوسن کے گھر چھوڑ جائیں گے۔" مینی کی امی نے اُسے بتایا۔

"نہیں! نہیں! میں بھی آپ لوگوں کے ساتھ جاؤں گی۔ مجھے آنٹی سوسن اچھی نہیں لگتیں۔" مینی نے پاؤں پٹخے۔۔۔وہ اپنے ماں، باپ کی اکلوتی اولاد ہونے کے ناتے خاصی بدتمیز اور بگڑی ہوئی بچی تھی۔

"نہیں بیٹا! آنٹی سوسن تو بہت اچھی ہیں۔" امی نے سمجھایا۔ آخر مینی کے امی ابو سے آنٹی سوسن کے پاس چھوڑ گئے۔

"مجھے امید ہے کہ تم گھر کے کاموں میں میری مدد کرو گی اور میرے بنائے ہوئے کھانے پسند کرو گی۔" آنٹی سوسن نے مینی سے کہا لیکن مینی نے تو ٹھان لی تھی کہ وہ آنٹی کے کسی کام میں اُن کی مدد نہیں کرے گی۔ وہ بات بات پر پاؤں پٹختی رہتی۔ اصل میں تو اُسے پٹائی کی ضرورت تھی۔

"مینی! کیا تم اپنے گھر میں بھی ایسی ہی حرکتیں کرتی ہو؟" آنٹی سوسن نے پوچھا۔

"بالکل! جب میرا دل چاہے گا، میں سونے جاؤں گی، جب دل چاہے گا، میں

سو کر اُٹھوں گی، جو دل چاہے وہ پہنوں گی اور بس وہی کروں گی جو میرے دل میں آئے گا۔" مینی نے غصیلے لہجے میں کہا۔ آنٹی یہ سن کر ہنس پڑیں اور بولیں:

"بہت خوب! اگر تم ایسے رہنا چاہتی ہو تو مجھے کوئی اعتراض نہیں۔۔۔ جو دل میں آئے، کرتی رہو۔" مینی یہ سن کر خوش ہو گئی۔

اس رات مینی رات دیر تک ٹی وی دیکھتی رہی، آنٹی سوسن نے کوئی نوٹس نہیں لیا بلکہ وہ چپکے سے مینی کو شب بہ خیر کہہ کر اوپر اپنے کمرے میں چلی گئیں۔ رات دیر سے سونے کی وجہ سے صبح ساڑھے نو بجے اُس کی آنکھ کھلی۔ وہ منہ ہاتھ دھو کر جب ناشتا کرنے آئی تو میز پر ناشتا موجود نہیں تھا۔

"میں نے ناشتا کر لیا ہے۔" آنٹی سوسن نے اطلاع دی۔ "میں روز جلدی ناشتا کر لیتی ہوں۔"

مینی کو ناشتا نہیں ملا اسے بہت غصہ آیا۔ آنٹی بازار چلی گئیں۔ مینی نے فریج کھولنا چاہا مگر وہ لاک تھا چناں چہ سارا دن اُسے بھوکا رہنا پڑا۔ دوپہر کو کھانا کھاتے وقت اُس نے سالن اپنے کپڑوں پر گرا لیا۔

"مینی! تمھیں ایپرن پہن کر کھانا چاہیے تھا۔" آنٹی سوسن نے کہا۔

"کوئی بات نہیں! میں کپڑے بدل لوں گی۔ آپ میرے یہ والے کپڑے دھو دیجیے گا۔" مینی نے بے فکری سے کہا۔ "سوری! میرے پاس کپڑے دھونے کا وقت نہیں ہے۔"

مینی نے اپنا نیا سوٹ نکال کر پہن کیا اور پھر پینٹ برش سے کھیلنے لگی۔

"تمھیں معلوم ہے نا کہ اس طرح کے کھیل ایپرن باندھ کر کھیلنے چاہئیں؟"

آنٹی نے پوچھا۔

"ہاں! مجھے معلوم ہے لیکن میں ایسے ہی کھیلنا چاہتی ہوں۔" مینی نے فوری جواب دیا۔

شام تک اُس کا پورا لباس داغ دھبوں سے بھر چکا تھا۔ آنٹی نے اُسے چائے پینے کے لیے آواز دی۔ مینی نے شیخ کر کہا:

"میں اپنی پینٹنگ مکمل کر کے آؤں گی۔"

جب وہ چائے پینے گئی تو برتن بھی سمیٹے جا چکے تھے۔ مینی نے پاؤں پٹخے اور چیخی، چلائی لیکن آنٹی نے کوئی نوٹس نہیں لیا۔

"تم وہی کرتی ہو جو تمھارا دل چاہے، لہٰذا میں بھی وہی کروں گی جو میرا دل چاہتا ہے۔" آنٹی نے سوئیٹر بنتے ہوئے کہا۔

شام سات بجے آنٹی نے گھڑی کی طرف دیکھا اور بولیں:

"مینی! کیا تم کچن میں جا کر پتیلی کے نیچے چولہا جلا دو گی؟"

"نہیں!" مینی نے غصے جواب دیا۔ آنٹی سوسن اُٹھ کر خود کچن میں نہیں گئیں۔

"مجھے بھوک لگ رہی ہے، میں نے شام کی چائے بھی نہیں پی تھی۔ مجھے کچھ کھانے کو دیں۔" مینی نے کچھ دیر بعد آنٹی سے کہا۔

"میں تمھارے لیے کچھ پکانے جا رہی تھی، اسی لیے تم سے چولہا جلانے کو کہا تھا لیکن کیوں کہ تمھیں کوئی پروا نہیں لہٰذا مجھے بھی نہیں ہے۔" آنٹی نے کندھے اچکائے۔

"مجھے پروا ہے۔" مینی بھوک سے چلائی پھر اُس نے اپنے لیے خود آملیٹ بنایا

اور ڈبل روٹی کے ساتھ کھالیا۔ رات کو وہ سونے کے لیے اپنے کمرے میں گئی لیکن اُس کا کمرا ویسے ہی تھا جیسا وہ صبح چھوڑ کر گئی تھی۔ وہ بھاگ کر نیچے گئی:

"آنٹی! آپ میرا کمرا صاف کرنا بھول گئیں، بہت گندا ہو رہا ہے۔"

"تو تم خود صاف کرلو!" آنٹی مسکرائیں۔

یہ سنتے ہی مینی غصے سے چلانے لگی مگر آنٹی پر اُس کے چیخنے چلانے کا کوئی اثر نہیں ہوا۔ اگلی صبح وہ آٹھ بجے ناشتے کی میز پر پہنچ گئی۔ اُس نے اپنا آخری صاف لباس پہنا ہوا تھا کیوں کہ وہ صرف تین جوڑے لے کر یہاں آئی تھی۔

"کیا یہ بہتر نہیں کہ تم ایپرن پہن کر ناشتا کرو؟"

"میں کوئی چھوٹی بچی نہیں ہوں۔" مینی نے سخت جواب دیا لیکن دس منٹ بعد ہی اُس نے چائے اپنے کپڑوں پر گرائی۔ اب دل ہی دل میں وہ افسوس کرنے لگی۔

کچھ دیر بعد پڑوس کی لڑکی مینی کو شام کی چائے کی دعوت پر بلانے آئی۔

"اوہ ضرور! مجھے دعوت میں جانا بہت پسند ہے۔" مینی کھل اٹھی۔ جب پڑوسی لڑکی چلی گئی تو مینی نے نسبتاً دھیمی آواز میں اپنی آنٹی سے کہا:

"آنٹی! میرے سارے کپڑے میلے ہو گئے ہیں۔ میں آج شام دعوت میں کیا پہن کر جاؤں؟ کیا آپ میرا ایک جوڑا دھو دیں گی؟"

"بھئی! میری طرف سے معذرت! میں آج خود بہت مصروف ہوں۔" آنٹی نے بے ساختہ جواب دیا۔

"لیکن آنٹی! میں میلے کپڑے پہن کر دعوت میں نہیں جاسکتی۔" مینی نے تقریباً روتے ہوئے کہا۔

"ہاں! یہ تو ہے!" آنٹی نے اتفاق کیا۔ "ایسا کرو تم میلے کپڑوں کے اوپر ایپرن پہن کر چلی جاؤ۔" آنٹی نے مسکراتے ہوئے کہا۔

"لیکن میں ایپرن پہن کر دعوت میں نہیں جا سکتی، سب میرا مذاق اڑائیں گے۔" مینی چلائی۔

اُس روز مینی دعوت میں نہیں گئی اور پڑوس سے آنے والے قہقہوں اور بچوں کے کھیل کود کی آوازیں سُن کر روتی رہی اور سوچتی رہی کہ اپنی من مانی کرنے میں کوئی فائدہ نہیں ہے۔ مینی نے اکتاہٹ سے بھرپور انگڑائی لی اور اپنا کمرہ صاف کرنا شروع کر دیا۔

پھر اُس نے باغ سے کچھ پھول توڑ کر اپنے کمرے کے گل دان میں سجائے۔ اپنی آنٹی کے کمرے کے لیے بھی ایک گل دستہ بنایا۔ شاید وہ چاہتی تھی کہ آنٹی کبھی تو اس کی تعریف کریں۔

"شکریہ مینی! یہ بہت خوب صورت گل دستہ ہے۔ پرسوں شہر میں ایک سرکس آرہا ہے۔ میں اس کے ٹکٹ خریدوں گی پھر ہم دونوں مل کر سرکس دیکھنے چلیں گے۔"

اگلے دن مینی باہر گھومنے نکلی لیکن نہ تو اُس نے سوئیٹر پہنا اور نہ ہی ٹوپی۔ آنٹی نے اُسے پیچھے سے آواز دی:

"بارش ہونے والی ہے۔ مینی! تم اپنا سوئیٹر، ٹوپی تو پہن لو۔"

"آنٹی! آپ پریشان مت ہوں۔۔۔ میں ایسے ہی ٹھیک ہوں۔" مینی نے کہا، کچھ دیر بعد تیز بارش شروع ہوگئی۔ مینی بارش میں بھیگتی ہوئی گھر کی جانب دوڑی۔

"مینی! جلدی سے کپڑے بدل کر بستر میں لیٹ جاؤ، ورنہ بیمار پڑ جاؤ گی۔" اس کی آنٹی نے کہا لیکن مینی نے ان کی بات نہ مانی۔ اگلے دن صبح تک اُسے تیز بخار ہو گیا۔ اب وہ بستر سے اٹھنے کے بھی قابل نہیں تھی۔ وہ سوچنے لگی، ایسا نہ ہو کہ آنٹی اُسے سوتا ہوا سمجھ کر خود ناشتہ کر لیں۔ اب تو وہ سرکس میں بھی نہیں جا سکے گی۔ مینی تکیے میں منہ چھپا کر رونے لگی۔ اتنے میں آنٹی سوسن ناشتے کی ٹرے لے کر کمرے میں داخل ہوئیں۔ انھوں نے مینی کا ہاتھ منہ دھلوایا، بال برش کیے، بستر درست کر کے اُس کے سامنے ناشتے کی ٹرے رکھ دی۔

"آنٹی! میں بیمار پڑ گئی ہوں۔ اب ہم سرکس میں تو نہیں جا سکتے نا؟ کیا سرکس کے ٹکٹ ضائع ہو جائیں گے؟" مینی نے دھیمی آواز میں کہا۔

"میری پیاری بچی! جب کل تم سوئیٹر اور ٹوپی کے بغیر گھر سے باہر جا رہی تھی تو مجھے معلوم تھا کہ تم بارش میں بھیگ کر ضرور بیمار ہو جاؤ گی۔ اس لیے میں نے ٹکٹ خریدے ہی نہیں تھے۔ میں تمھاری طرح نادان نہیں ہوں۔ اگر تم وعدہ کرو کہ میری بات مانو گی تو میں تمھارا خیال رکھوں گی۔" آنٹی سوسن نے کہا۔

"جی آنٹی! میں وعدہ کرتی ہوں کہ اب وہی کروں گی جو آپ کہیں گی۔" مینی نے آنٹی کا ہاتھ پکڑ کر شرمندگی سے کہا۔

"بہت خوب! مجھے یقین تھا کہ تم اچھی بچی بن سکتی ہو۔"

"شکریہ آنٹی! اب میں وہ نہیں کرنا چاہتی جو میرے دل میں آئے بلکہ وہ کرنا چاہتی ہوں جو آپ کو پسند ہو۔" مینی نے کہا تو آنٹی مسکرا دیں۔

***

ٹائم نہیں ہے [She Couldn't be Bothered]

کیا آپ ایسے لوگوں سے واقف ہیں جو کوئی کام مکمل کرنے کی زحمت نہیں کرتے؟ وہ جب گھر میں داخل ہوتے ہیں تو دروازہ بند نہیں کرتے، وہ کبھی اپنے گندے جوتے پائیدان پر صاف نہیں کرتے، کوئی چیز تلاش کرنے کے دوران اگر کچھ اور نیچے گر جائے تو وہ اُسے اٹھانے کی زحمت نہیں کرتے۔ اگر آپ ایسے کسی شخص سے واقف نہیں تو صوفی سے ملیے۔

"میرے پاس ٹائم نہیں ہے۔" یہ اُس کا پسندیدہ جملہ تھا جسے وہ دن میں درجنوں بار دہراتی۔

ایک دن صوفی نے اپنی دوستوں کو چائے پر بلایا۔ صوفی نے طے کیا تھا کہ وہ چائے کے بعد دکان والا کھیل کھیلیں گے۔ اس مقصد کے لیے اُس نے ایک پیکٹ ٹافی، آلو کے چپس، بسکٹ اور چاکلیٹس خریدی تھیں۔ یہ سب سامان اُس نے اپنے کمرے کی میز پر سجا دیا اور ساتھ میں کھلونا ترازو اور نقلی سکے بھی رکھ دیئے۔

"بہت مزہ آئے گا۔ پہلے میں دکان دار بن کر چیزیں بیچوں گی پھر میری سب سہیلیاں باری باری دکان دار بن سکتے ہیں۔" اُس نے سوچا۔

"کھیل ختم ہونے کے بعد ہم انھیں مل کر کھالیں گے۔"

صوفی کی سہیلیوں نے جب اُس کی سجائی ہوئی دُکان دیکھی تو بہت خوش ہوئیں۔ وہ فوری طور پر کھیل شروع کرنا چاہتی تھیں لیکن صوفی کی امی نے آواز دے کر کہا:

"صوفی! پہلے اپنی سہیلیوں کو چائے پر بلالو، پھر کھیلنا۔" اور صوفی اپنی سہیلیوں کو لے کر کھانے کے کمرے میں آگئی۔

"صوفی! تم شاید باہر کا دروازہ کھلا چھوڑ آئی ہو۔ وہاں سے تیز ہوا آرہی ہے۔" اُس کی امی نے کہا۔

"نہیں امی! مجھے یقین ہے کہ میں نے دروازہ بند کر دیا تھا۔ میں اب اُٹھ کر دیکھنے نہیں جارہی۔" صوفی نے حسب معمول ٹالا۔

"تو پھر شاید تم اپنے کمرے کی کھڑکی کھول کر آئی ہو گی۔ آخر اتنی تیز ہوا کہیں سے تو آرہی ہے۔" اس کی امی نے کہا۔ "ذرا جا کر دیکھ آؤ۔"

"امی! میں نے کھڑکی بند کر دی تھیں۔ میرے پاس اتنا ٹائم نہیں ہے کہ میں بار بار جا کر دیکھتی رہوں۔" صوفی نے بہت ڈھرمی سے کہا اور سینڈوچ کھانے میں مصروف ہو گئی۔ صوفی کی امی خاموش ہو گئیں۔ وہ اُسے مہمانوں کے سامنے ڈانٹنا نہیں چاہتی تھیں۔

لیکن جیسا کہ آپ لوگ اندازہ لگا سکتے ہیں، صوفی حسب معمول نہ صرف باہر کا دروازہ بند کرنا بھول گئی تھی بلکہ اپنے کمرے کی کھڑکی بھی کھلی چھوڑ آئی تھی۔

اب ہوا کیا کہ دو چڑیائیں کھڑکی کھلی دیکھ کر کمرے کے اندر آگئیں۔ میز پر رکھے بسکٹ دیکھ کر وہ پھدک کر میز پر چڑھ گئیں اور بسکٹوں پر چونچیں مارنے

لگیں۔ اُن کا شور سن کر اُن کی بہت سی ساتھی چڑیائیں اُڑ کر کھڑکی کے راستے اندر آ گئیں اور بسکٹوں کی دعوت اُڑانے لگیں۔ چڑیاؤں کے چہچہانے کی آواز صوفی کی بلی کے کانوں تک پہنچی تو وہ بھی کمرے کی کھڑکی سے کود کر اندر آ گئی۔ بلی نے چڑیوں پر جھپٹا مارنے کے لیے میز پر چھلانگ لگائی اور میز پر رکھی تمام چیزیں زمین پر گرا دیں۔ چڑیائیں خوف زدہ ہو کر کمرے کے اندر گول گول چکر کاٹنے لگیں کیوں کہ انھیں ڈر کے مارے کمرے سے باہر نکلنے کا راستہ نہیں نظر آ رہا تھا۔ بلی نے چاکلیٹس دیکھیں تو اُن پر ٹوٹ پڑی۔

ادھر صوفی کے پالتو کتے نے یہ سب شور و غل سنا تو وہ چکر کاٹ کر گھر کے سامنے والے دروازے پر آیا۔ وہ باغیچے میں رہتا تھا اور اُسے گھر کے اندر آنے کی اجازت نہیں تھی۔ لیکن آج بیرونی دروازہ چوپٹ کھلا دیکھ کر وہ خوشی خوشی اندر گھس گیا۔

صوفی کے کمرے میں بلی کو دیکھ کر وہ اس پر حملہ آور ہوا۔ بلی نے کتے سے بچنے کے لیے وال کلاک پر چھلانگ لگا دی۔ وہ اوپر چڑھ کر بیٹھنا چاہتی تھی لیکن وال کلاک سمیت نیچے آ گری۔ اتنے میں کتے کو زمین پر بکھری مزے دار چیزیں نظر آ گئیں اور وہ تھوڑی دیر کے لیے بلی کو بھول کر جلدی جلدی ٹافی، چپس اور بسکٹ نگلنے لگا۔ بلی میز پر بیٹھ کر غرانے لگی۔

چڑیائیں ابھی تک دیوانہ وار کمرے میں گول گول چکر کاٹ رہی تھیں۔ اتنے میں صوفی اور اُس کی امی شور و غل سن کر دوڑتی ہوئی کمرے میں داخل ہوئیں۔ صوفی کمرے کا منظر دیکھ کر پھوٹ پھوٹ کر رونے لگی۔ اُس کا تمام سامان بکھرا پڑا تھا۔

کھانے کی تمام چیزیں بلی اور کتا ہڑپ کر چکے تھے۔ اُس کی امی نے ٹوٹے ہوئے وال کلاک کو دیکھ کر سر پکڑ لیا۔

"تم نے کمرے کی کھڑکی کھلی چھوڑ دی تھی صوفی!" وہ غصے میں چلائیں۔ "اور کتا گھر کے اندر کیسے آیا؟ تم نے یقیناً باہر کا دروازہ بھی کھلا چھوڑ دیا ہوگا۔"

"اوہ امی! مجھے مت ڈانٹیں، میرے سارے بسکٹ، ٹافی اور چاکلیٹ ان لوگوں نے کھا لیے۔" صوفی نے سسکیاں لیتے ہوئے کہا۔

"کیوں نہ ڈانٹوں؟ دیکھو! تمھاری لاپروائی کی وجہ سے آج کتنا نقصان ہوا ہے! اب تم اپنی پاکٹ منی سے اس وال کلاک کی قیمت ادا کرو گی۔" امی نے کہا اور کھڑکی کے پٹ پورے کھول کر چڑیاؤں کو باہر اڑا دیا۔ بلی کو اُس کی باسکٹ میں اور کتے کو باغیچے میں واپس بھیج دیا گیا۔

اب دُکان والا کھیل کھیلنا ممکن نہیں تھا لہٰذا سب بچے گھر جلدی چلے گئے۔ صوفی کو کئی ماہ تک اپنے جیب خرچ سے وال کلاک کے پیسے کٹوانے ہوں گے۔ مجھے امید ہے کہ آئندہ صوفی کو اتنا ٹائم ضرور مل جائے گا کہ وہ اپنے کام درست طریقے سے انجام دے سکے!!

***

اکو کی کہانی

آج سے تقریباً پچاس سال پہلے لندن میں 'فارس' نام کا ایک لڑکا رہتا تھا۔ فارس اب بڑا ہو چکا ہے لیکن ابھی تک وہ یقین سے نہیں کہہ سکتا کہ جو کچھ اس کے ساتھ ہوا وہ حقیقت تھی یا محض ایک خواب تھا۔ آپ اس کہانی کو پڑھ کر فیصلہ کریں۔

فارس کی عمر اس وقت آٹھ برس تھی۔ وہ ایک عام سا لڑکا تھا۔ روز اسکول جاتا، کھیلتا کودتا، کھاتا پیتا اور رات میں سو جاتا۔ وہ کبھی کبھی شرارتیں بھی کرتا جیسے آپ سب کرتے ہیں اور کبھی آپ لوگوں کی طرح فرماں بردار اور نیک نظر آتا۔ جب وہ شرارتیں کرتا تو اس کی امی اور استاد اسے ڈانٹتے، جب وہ نیکی کے موڈ میں ہوتا تو سب اسے پیار کرتے تھے۔ وہ اس سے اکثر کہتے۔ "فارس! تم کو ہمیشہ سچ بولنا چاہیے، نیک، ایماندار اور مخلص انسان بننا چاہیے۔" لیکن وہ کبھی اسے یہ نہیں بتایا کرتے تھے کہ اسے ایسا کیوں بننا چاہیے۔ وہ کبھی کبھی اس بارے میں سوچتا پھر اپنے آپ سے کہتا۔ "میرا نہیں خیال کہ ان سب باتوں سے کوئی خاص فرق پڑتا ہے۔ اگر میں کبھی کبھار کوئی جھوٹ بول لیا کروں تو کسی کو کیا فرق پڑے گا۔ اگر میں ٹافیاں خرید کر سب اکیلے کھالوں تو مجھے ایسا کرنے کا پورا حق ہے، کسی کو کیا معلوم ہوگا۔ کل میں نے ہیری کا خرگوش والا ربر لے کر واپس نہیں لوٹایا تو کیا ہوا؟ اسے تو پتا بھی

نہیں چلا کہ اس کی ڈیسک سے ربڑ میں نے اُٹھایا ہے۔ میرے خیال میں اگر کوئی دیکھ نہ رہا ہو تو اس طرح کا کوئی کام کر لینے میں کوئی حرج نہیں ہے۔"

لیکن ایک دن اس کے ساتھ ایک ایسا واقعہ پیش آیا جس سے اس کو معلوم ہو گیا کہ یہ چھوٹی چھوٹی باتیں بھی انسان کی زندگی میں کتنی اہمیت رکھتی ہیں۔ اس وقت تک فارس کبھی سچ بولتا تھا اور کبھی جھوٹ۔ کبھی وہ رحم دل ہو جاتا اور کبھی بے رحم، کبھی وہ بے حد ایمانداری کا مظاہرہ کرتا اور کبھی بے ایمانی کا مظاہرہ کرتا۔ یہ کہا جائے تو بے جا نہ ہو گا کہ وہ آدھا اچھا اور آدھا بُرا بچہ تھا۔ بہت سے بچے ایسے ہی ہوتے ہیں۔

ایک دن وہ اکیلا خریداری کرنے بازار گیا۔ گھومتا، پھرتا وہ لندن کی ایک بہت پرانی سڑک پر پہنچ گیا جہاں پرانے سامان کی دکانیں تھیں۔ فارس ان گرد آلود دکانوں کے اندر جھانک کر دیکھنے لگا۔ وہاں پرانے زمانے کے شیشے تھے جن کے کناروں پر قدیم زمانے کے نقش و نگار بنائے گئے تھے۔ پرانے چینی زیورات تھے، پرانی میز اور کرسیاں تھیں۔ پھر اس کی نظر ایک ٹوکری پر پڑی۔ وہ بہت قدیم مگر خوب صورت ٹوکری تھی۔ اس کے ڈھکن پر انگریزی حروف "ایم ایل" لکھے ہوئے تھے۔ فارس کے ذہن میں ایک خیال آیا۔ اس کی امی کا نام بھی ایم سے شروع ہو کر ایل پر ختم ہوتا تھا کیوں نہ وہ یہ ٹوکری خرید کر اپنی امی کو سالگرہ کے موقع پر گفٹ کر دے۔

"مجھے اس ٹوکری کی قیمت پوچھنی چاہیے۔" یہ سوچ کر وہ دکان کے اندر داخل ہو گیا۔ دکان کے ایک اندھیرے کونے سے ایک عجیب و غریب وضع کا شخص نکل

کر سامنے آ گیا۔

"یہ ٹوکری کتنے کی ہے؟" فارس نے پوچھا۔

"دو پاؤنڈ۔" دکان دار نے کہا۔

فارس نے ایک لمحے کے لیے سوچا۔ اس کے پاس گھر میں دو پاؤنڈ موجود تھے مگر ان سے اسے اپنے لیے قلم بھی خریدنا تھا۔ اگر وہ پورے پیسے ٹوکری خریدنے میں خرچ کر دے تو قلم کیسے خریدے گا! لہٰذا کچھ دیر سوچنے کے بعد اس نے نفی میں سر ہلایا۔

"میرے پاس صرف پانچ شلنگ ہیں۔" اس نے جھوٹ بولا۔

"تو پھر تم دکان میں کچھ اور دیکھ لو۔" بوڑھے دکان دار نے کہا اور دوبارہ دکان کے ایک اندھیرے کونے میں غائب ہو گیا۔

فارس اس میلی کچیلی، دھول مٹی سے بھری دکان میں اکیلا کھڑا رہ گیا پھر اس نے دکان کا جائزہ لینا شروع کیا۔ اس کی نظر ایک پرانی کتابوں کی الماری پر پڑی اور یہیں فارس نے وہ کتاب دیکھی جسے وہ بعد میں ہمیشہ جادوئی کتاب کہہ کر یاد کرتا رہا۔ وہ ایک بڑی اور موٹی کتاب تھی جس کا سرورق غیر معمولی طور پر اتنا چمک دار تھا جیسے اس میں آگ جل رہی ہو۔ ابھی وہ سرورق ہی دیکھ رہا تھا کہ بوڑھا دکان دار دوبارہ باہر نکل کر دکان میں آ گیا۔

"بہتر ہو گا کہ تم اس کتاب کو نہ دیکھو۔" اس نے کہا۔ "یہ ایک خطرناک کتاب ہے۔ اس کے اندر تم خود ہو۔" فارس یہ سن کر حیران رہ گیا۔

"کیا مطلب؟" اس نے پوچھا۔

"یہ ایک عجیب کتاب ہے۔" بوڑھے نے کہا۔ "جو کوئی اس کو اچھی طرح اندر سے دیکھے گا، اس کو اس کتاب میں اپنا مستقبل نظر آئے گا۔ اگر میں تمھاری جگہ ہوتا تو اس کتاب کو کھول کر نہ دیکھتا کیوں کہ یہ تمھیں جو کچھ اس کتاب میں نظر آئے گا وہ تمھیں اچھا نہیں لگے۔"

"کیوں اچھا نہیں لگے گا؟" فارس نے حیران ہو کر پوچھا۔ "میں بڑا ہو کر ڈاکٹر بنوں گا۔ میں دیکھنا چاہوں گا کہ میں ڈاکٹر بن کر کیسا لگتا ہوں؟"

"اگر میں تمھاری جگہ ہوتا تو کبھی اس کتاب کو کھول کر نہ دیکھتا۔" بوڑھے نے دہرایا اور اس کے ہاتھ سے کتاب چھیننے کی کوشش کی۔

"دیکھو لڑکے! میں بوڑھا اور تجربے کار ہوں۔ تمھارے چہرے کے نقوش مجھے کچھ سخت لگ رہے ہیں۔ تمھاری پیشانی پر سلوٹیں سی ہیں جس سے مجھے پتا چل رہا ہے کہ تم سخت دل ہو۔ تمھاری آنکھوں سے مجھے اندازہ ہوتا ہے کہ تم ہمیشہ سچ نہیں بولتے۔ لہٰذا تم اس کتاب کو کھول کر نہ ہی دیکھو تو اچھا ہے۔ ممکن ہے تم اسے دیکھ کر خوف زدہ یا غم زدہ ہو جاؤ۔"

مگر فارس تو یہ سب کچھ سن کر کتاب کھول کر دیکھنے کے لیے مزید بے چین ہو چکا تھا۔ "میں یہ کتاب دیکھنا چاہتا ہوں۔" اس نے کہا۔ "براہِ مہربانی آپ مجھے اسے دیکھ لینے دیں۔ میں کتاب کو کوئی نقصان نہیں پہنچاؤں گا۔" وہ بوڑھے آدمی کو دیکھ کر مسکرایا۔ اس کی مسکراہٹ بہت پیاری تھی۔ اس کی آنکھیں جگمگانے لگیں، چہرے پر ایک لخت نرمی آگئی اور وہ بے حد معصوم دکھائی دینے لگا۔ بوڑھے آدمی نے اسے غور سے دیکھا۔ "میرا خیال ہے کہ تم مکمل اچھے یا مکمل بُرے لڑکے نہیں

ہو۔ اگر یہی بات ہے تو یہ کتاب تمھیں دو تصویری کہانیاں دکھائے گی۔ پہلی کہانی، کتاب کے پہلے صفحے سے شروع ہو گی اور دوسری کہانی پڑھنے کے لیے تمھیں کتاب کو اُلٹی طرف سے کھول کر آخری صفحے سے پڑھنا ہو گا۔ ٹھیک ہے! تم یہ کتاب دیکھ سکتے ہو۔" بوڑھے نے کتاب کھول دی۔ پہلے ہی صفحے پر اپنی تصویر دیکھ کر فارس حیرت زدہ رہ گیا۔ جرسی اور نیکر میں ملبوس وہ خود کتاب میں موجود تھا۔

"یہ تم ہو۔" بوڑھے نے کہا اور ایک صفحہ پلٹا۔ "یہ دیکھو! یہاں تم ایک ایسی حرکت کر رہے ہو جس پر تمھیں شرمندہ ہونا چاہیے۔ تم حساب کے ٹیسٹ میں نقل کر رہے ہو۔ کتنے افسوس کی بات ہے اور یہاں دیکھو! تم اپنے دوستوں سے ان کاموں کے بارے میں شیخیاں بگھار رہے ہو جو تم نے کبھی کیے ہی نہیں اور یہ دیکھو، یہ کیسی تصویر ہے؟ تم اس میں کافی بڑے نظر آ رہے ہو۔ ہاں! تقریباً دو سال بڑے۔ تم ایک جھوٹ بول رہے ہو اور یہ جھوٹ بولتے ہوئے تمھارے چہرے پر کسی قسم کی کوئی شرمندگی بھی نظر نہیں آ رہی۔ تم ایک انعام جیت گئے ہو محض اس جھوٹ کی بدولت!"

"مجھے یہ کتاب پسند نہیں آئی۔" فارس نے کہا اور اس نے کتاب بند کرنے کی کوشش کی مگر بوڑھے نے اسے ایسا کرنے سے روک دیا۔

"نہیں! جب تم نے ایک دفعہ یہ کتاب کھول لی تو اب اسے مکمل دیکھنا پڑے گی۔ اس تصویر کو دیکھو! تم اس میں خاصے بڑے لگ رہے ہو۔ یہاں تم ایک چھوٹے بچے کی پٹائی کر رہے ہو اور کیوں کہ تمھیں کوئی دیکھ نہیں رہا لہٰذا تمھیں کوئی ڈر نہیں ہے۔ اچھا! اب یہ تصویر دیکھو! کیا یہ تمھاری امی ہیں؟"

"ہاں!" فارس نے کہا۔ "لیکن یہ اس تصویر میں روتی ہوئی کیوں نظر آرہی ہیں؟"۔

"کیوں کہ وہ تم سے بے حد مایوس ہو چکی ہیں۔" بوڑھے نے کہا۔ "دیکھو! یہ ان کی سالگرہ کا دن ہے۔ ان کے ہاتھ میں سالگرہ کا کارڈ نظر آرہا ہے۔ وہ چاہتی ہیں کہ یہ دن تم ان کے ساتھ گزارو اور تم نے ان سے یہ وعدہ بھی کر لیا تھا مگر عین وقت پر تمھارے کسی دوست نے پکنک کا پروگرام بنالیا اور تم اپنے دوستوں کے ساتھ وہاں چلے گئے۔ تمھیں اس بات کی کوئی پروا نہیں ہے کہ وہ تمھاری اس حرکت سے کتنی افسردہ ہوں گی۔ وہ تمھارے بارے میں سوچ کر غمگین ہو رہی ہیں کیوں کہ تم ایک خود غرض، شیخی باز اور سخت دل نوجوان بنتے جا رہے ہو۔"

"مجھے یہ تصویر بالکل پسند نہیں آئی۔" فارس نے کپکپاتی ہوئی آواز میں کہا۔ جلدی صفحہ پلٹیں۔ "صفحہ پلٹ دیا گیا۔

"اوہ! یہ دیکھو! تم اس تصویر میں جوان ہو چکے ہو۔" بوڑھے نے کہا۔ "ایک خوبصورت نوجوان! تم ڈاکٹری کی تعلیم حاصل کر رہے ہو۔ اس تصویر میں جو استاد نظر آرہا ہے وہ تم سے کہہ رہا ہے کہ تم ڈاکٹر بن کر دکھی انسانیت کی خدمت کر سکتے ہو۔ مگر تم ہنس رہے ہو۔ تم امیر ہونے کے لیے ڈاکٹر بن رہے ہو۔ تم اپنے مریضوں سے بڑی، بڑی رقمیں بٹورو گے۔" فارس خاموش رہا۔ اسے ان تصویروں میں اپنا آپ بالکل پسند نہیں آیا۔ بوڑھا اس کی طرف مڑا۔ "تم نے جو کچھ دیکھا، تمھیں اس پر حیرانی نہیں ہونی چاہیے۔" بوڑھے نے سنجیدگی سے کہا۔ "کیوں کہ بہر حال تم اس عمر میں بھی لوگوں کو جھوٹی سچی کہانیاں گھڑ کر سناتے ہو اور بعض دفعہ سخت دل اور

خود غرض ہو جاتے ہو۔ تم ہمیشہ ایمانداری کا مظاہرہ بھی نہیں کرتے تو میرے بچے! یہ سب عادتیں بھی عمر کے ساتھ ساتھ پختہ ہوتی چلی جاتی ہیں اور آخر میں ایسا شخص کیسا بن جاتا ہے، یہ بھی دیکھو ہی لو!" صفحے پھر پلٹے گئے۔ فارس نے اپنے آپ کو بڑے ہوتے دیکھا۔ اس نے اپنے آپ کو امیر ہوتے دیکھا۔ اس نے اپنے آپ کو ایک خوبصورت بیوی اور خوش باش بچوں کے ساتھ دیکھا۔ اس نے اپنے آپ کو بوڑھے ہوتے دیکھا۔ اس کے چہرے پر سختی اور خود غرضی کے تاثرات تھے۔ اس نے اپنے آپ کو امیروں کے ساتھ خوش اخلاقی اور غریبوں کے ساتھ بد اخلاقی کا مظاہرہ کرتے دیکھا۔ اس نے اپنے آپ کو دوسروں کو دھوکا دیتے دیکھا۔ اس نے خود کو گھر میں ایک بد مزاج بوڑھے کے روپ میں دیکھا اور بچوں کو ڈانٹتے، ڈپٹتے دیکھا اور پھر اس کے سامنے کچھ بہت خوفناک تصویریں آ گئیں۔ وہ ایک جرم کرتے ہوئے پکڑا گیا اور اس کی ساری دولت جیل سے رہائی پانے میں صرف ہو گئی۔ اس کی شہرت خاک میں مل گئی۔ اس کے بچوں نے جوان ہو کر اس کا گھر چھوڑ دیا کیوں کہ وہ ظالم اور سخت گیر تھا۔ اس کی خوبصورت بیوی، بدصورت اور بد مزاج ہوتی گئی کیوں کہ وہ اکیلی اور ناخوش تھی۔

"مجھے اس کتاب سے خوف آ رہا ہے۔" فارس چلایا۔ تصویریں اب ختم ہو گئی تھیں۔ بوڑھے نے کتاب اب دوسری جانب سے اُلٹی کھول لی۔ "صبر کرو۔" اس نے کہا۔ "تم نصف اچھے اور نصف بُرے بچے ہو۔ اب ہم دیکھیں گے کہ تمھارا بقیہ نصف تمھیں کہاں پہنچا سکتا ہے۔"

اور اب وہ کتاب صفحہ بہ صفحہ فارس کی زندگی کا وہ رخ دکھا رہی تھی جو اس

صورت میں ممکن تھا اگر وہ اپنے نصف بہتر حصے کو پھلنے پھولنے کا موقع دے گا۔ وہ انعامات جیت رہا تھا! دھوکے سے نہیں بلکہ سخت محنت سے۔ اس کے بہت سارے دوست تھے جو اس کی شیخیوں سے نہیں بلکہ اس کے اچھے سلوک کی وجہ سے اس کے گرویدہ تھے۔ اس کی امی مسکرا رہی تھیں اور اپنے محنتی اور مخلص بیٹے پر فخر کر رہی تھیں۔ وہ ڈاکٹر بننے کے لیے سخت محنت کر رہا تھا لیکن اس دفعہ وہ امیر ہونے کے خواب نہیں دیکھ رہا تھا بلکہ کہہ رہا تھا کہ دنیا دو حصوں میں بٹی ہوئی ہے۔ ایک وہ جو مدد کرتے ہیں اور دوسرا وہ جن کو مدد کی ضرورت ہے۔ میں ان لوگوں میں شامل ہونا چاہتا ہوں جو دوسروں کی مدد کرتے ہیں۔ چاہے میں پیسہ کماؤں یا نہ کماؤں، مگر میں نیکیاں ضرور کمانا چاہتا ہوں۔" اور پھر اس نے اپنے بیوی، بچوں کو دیکھا جو اس کے حسن سلوک سے بے حد خوش تھے۔ جب وہ گھر آتا تو اس کا استقبال گرم جوشی سے کیا جاتا۔ اس کے گھر والے اس سے بے حد محبت کرتے تھے۔ وہ بہت زیادہ امیر تو نہیں تھے مگر ان کے دل مطمئن تھے۔

اس کے چہرے پر وہ سختی نہیں تھی جو اس نے پہلے دیکھی تھی بلکہ اس کے چہرے پر نرمی اور خوش مزاجی تھی۔ وہ ایک عظیم اور نیک شخص کا چہرہ تھا۔

"تم نے دیکھا؟" بوڑھے نے کتاب بند کرتے ہوئے کہا۔ "تم میں اچھائی اور برائی، دونوں قوتیں جمع ہیں۔ اپنے اندر کے بُرے بچے کو پھلنے پھولنے کا موقع دو اور ایک بُرے انسان بن جاؤ یا اپنے اندر کے اچھے بچے کو آگے لاؤ اور ایک اچھے انسان بن جاؤ۔ خود بھی خوش رہو گے اور دوسروں کو بھی خوش رکھ سکو گے۔ میرے بچے! یہ جو تم سے کہا جاتا ہے ناں کہ جھوٹ نہ بولو، دھوکا نہ دو، بے ایمانی نہ کرو، ظالم

نہ بنو، خود غرض نہ بنو تو ان سب نصیحتوں کے پیچھے بھی کوئی وجہ ہے۔ جب ہم چھوٹے ہوتے ہیں تو ہم سب کے پاس انتخاب کا حق ہوتا ہے کہ ہم اپنے اندر چھپی کسی شخصیت کو پروان چڑھنے کا موقع دیتے ہیں۔ یہ حق صرف اور صرف ہمیں حاصل ہے، دوسرے آپ کو صرف سمجھا ہی سکتے ہیں۔"

" صحیح۔" فارس نے دھیمی آواز میں کہا۔

"تم جھوٹ بولتے ہوئے سوچتے ہو گے کہ کسی کو کیا معلوم کہ تم جھوٹ بول رہے ہو لیکن تمھیں خود تو معلوم ہوتا ہے ناں! بس ایسی چیز سے فرق پڑتا ہے۔ یہ تمھارے اندر کے بُرے انسان کو تقویت دیتا ہے۔ خیر! میرے بچے! اب تمھیں اپنے گھر واپس جانا چاہیے۔ جہاں تک اس ٹوکری کا تعلق ہے، میں اسے کسی ایسے گاہک کو بیچنا چاہتا ہوں جو اس کی پوری قیمت ادا کر سکے۔" بوڑھے نے کہا۔

"میرے پاس یہ ٹوکری خریدنے کے پیسے ہیں۔" فارس نے کہا۔ "میں کل آکر یہ ٹوکری خرید لوں گا۔ میں نے آپ سے جھوٹ بولا تھا کہ میرے پاس پیسے نہیں ہیں۔ دراصل مجھے ایک قلم بھی خریدنا تھا لیکن اب میں اپنے تمام پیسوں سے امی کے لیے یہ ٹوکری خریدنا چاہتا ہوں۔"

"ٹھیک ہے! تم یہ ٹوکری لے جاؤ اور کل آکر پیسے دے جانا۔" بوڑھے دکان دار نے کہا۔

"کیا آپ مجھ پر اتنا بھروسہ کریں گے؟" فارس نے حیران ہو کر پوچھا۔ "میں نے ابھی آپ سے ایک جھوٹ بولا تھا!"

"ہاں! میں تم پر بھروسہ کروں گا میرے بچے! تم اسی بھروسے کو قائم رکھنا۔ لو

یہ ٹوکری لے جاؤ!" بوڑھا شفقت سے مسکرایا۔ فارس ٹوکری لے کر گھر آگیا۔ بہت ساری باتیں ایک دم ہی بہت واضح طور پر اس کی سمجھ آنے لگیں تھیں، اب وہ سمجھ سکتا تھا کہ زندگی میں صحیح اور غلط کا انتخاب کیوں اتنے معنی رکھتا ہے۔ یہ سب آپ کی زندگی پر اثر انداز ہوتا ہے۔ اپنی زندگی کو بگاڑنا یا سنوارنا ہر کسی کے اپنے ہاتھ میں ہے۔

فارس کی کہانی یہاں ختم نہیں ہوتی۔ اب وہ ایک مشہور ڈاکٹر ہے۔ رحم دل اور ایمان دار ترین انسان! وہ کہتا ہے کہ جو باتیں میں نے اس کتاب سے سیکھیں وہ ہر بچے کو سیکھنی چاہییں۔

اگرچہ ڈاکٹر فارس کو تو وہ پرانی دکان پھر کبھی نہ مل سکی جہاں اُنھوں نے وہ کتاب دیکھی تھی مگر مجھے یقین ہے کہ ہم سب کی زندگی میں ایک ایسی کتاب ضرور موجود ہے جو اچھائی اور برائی کے آئینے میں ہمیں اپنے انجام سے خبردار کرتی ہے۔ آپ کا کیا خیال ہے؟

***

اُف یہ نیکیاں [Meddle's Good Turns]

گڑبڑ خان کی خالہ اس سے سخت ناراض تھیں۔ وہ ان کے گھر رہنے آیا ہوا تھا اور خالہ کی بلی سمیت گھر کا ہر فرد ان کے بھانجے سے نالاں تھا۔

باورچن اس لیے ناراض تھی کہ گڑبڑ خان نے رات کو باورچی خانے میں گھس کر وہ سارا کھانا کھالیا تھا جو اُس نے اگلے دن کے لیے پکایا تھا۔

مالی اس لیے خفا تھا کہ گڑبڑ خان نے اس کی بہترین کُھرپی لے کر کسی ایسی جگہ چھوڑ دی، جہاں سے وہ کسی کو نہ مل سکی۔

خالہ کی بلی اس لیے برہم تھی کہ گڑبڑ خان ایک ہی دن میں تین بار اُس کی دُم پر پاؤں رکھ چکا تھا اور جب اس نے خالہ کے پودوں میں پانی کے بجائے دودھ کا جگ اُنڈیل دیا تو ان کی برداشت جواب دے گئی۔

"تمھیں یہ نظر نہیں آیا کہ تم پانی کے بجائے دودھ ڈال رہے ہو؟" انھوں نے جھلا کر کہا۔

"میں نے دیکھا نہیں، اور آپ کے ہاں گدلا پانی آرہا ہے۔ ویسے بھی میں نے وہی جگ اُٹھایا جو آپ نے بتایا تھا۔" گڑبڑ خان نے لاپروائی سے کہا۔

"ہرگز نہیں! میں بھلا ایسی حماقت کی بات کیوں کہتی۔ گڑبڑ خان! میں محسوس

کر رہی ہوں کہ تم آج میرے ہاتھوں سے ضرور پٹو گے۔" خالہ کا پارہ مزید چڑھ گیا تو گڑبڑ خان خطرہ بھانپ کر جلدی سے بولا: "مجھے افسوس ہے خالہ جان! اب میں کچھ دیر کے لیے گھر سے باہر جا رہا ہوں تاکہ آج کے دن آپ میری وجہ سے مزید پریشان نہ ہوں۔"

"گڑبڑ خان! تمھیں چاہیے کہ تم لوگوں کو تنگ کرنے کے بجائے اُن کی مدد کرو۔ اب اگر آج کے دن تم کسی کے ساتھ نیکی کرتے ہو تو اس صورت میں، میں تمھیں معاف کر دوں گی ورنہ واپسی پر پٹائی کے لیے تیار رہنا۔" خالہ نے کہا۔

گڑبڑ خان نے تیزی سے باہر کا رُخ کیا اور ایسا کرتے ہوئے ایک بار پھر بلی کی دُم کچل دی۔ بلی غرّائی اور اپنے پنجے اس کی ٹانگ میں گاڑ دیے۔ گڑبڑ خان زور سے چلایا اور باہر کی طرف بھاگا۔

خالہ نے زور دار آواز کے ساتھ دروازہ بند کیا۔ باورچن نے دروازے میں سر ڈال کر پوچھا: "کیا وہ چلا گیا؟ میں نے ابھی ابھی دیکھا کہ میرے سارے شامی کباب غائب ہیں اور میں چور کی پٹائی بیلن سے کرنا پسند کروں گی۔"

"ہاں! وہ چلا گیا۔ میں نے اس سے کہہ دیا ہے کہ اُسے معافی تب ملے گی جب وہ کوئی نیکی کا کام کر کے لوٹے گا۔" خالہ نے بتایا۔

گڑبڑ خان سڑکوں پر مارا مارا پھر رہا تھا۔ جب وہ کوئی اچھا کام نہیں کرنا چاہتا تھا تو اس کو اتنے مواقع ملتے تھے اور اب جب وہ کوئی نیکی کرنا چاہتا ہے تو اس کی سمجھ میں ہی نہیں آرہا کہ کیا کرے۔۔۔؟ آخر کار اُس نے ایک بوڑھی عورت کو سڑک پار

کرتے ہوئے دیکھا، جس کے ہاتھ میں سامان سے بھری ہوئی ایک ٹوکری تھی۔

وہ فوراً اُس کی طرف لپکا اور اس کی ٹوکری ہاتھ سے لینے کی کوشش کی۔ اس کا مقصد بوڑھی عورت کا بوجھ خود اُٹھانا تھا مگر بوڑھی عورت حلق پھاڑ کر چلائی: "مدد! مدد! یہ ڈاکو میرا سامان چھین رہا ہے۔"

بہت سے لوگ اور قصبے کا انسپکٹر دوڑتے ہوئے آئے۔

"تم اس بوڑھی عورت کی ٹوکری کیوں چھین رہے تھے؟" انسپکٹر نے سوال کیا: "ارے! تم تو گڑبڑ خان ہو! یہ کیا حرکت تھی؟" اُس نے دفعتاً اُسے پہچان کر کہا۔

"میں تو صرف ایک نیکی کرنا چاہتا تھا۔ کیا میں کسی بوڑھی عورت کی مدد کے لیے اس کی ٹوکری بھی نہیں اُٹھا سکتا؟" گڑبڑ خان نے جل بھن کر کہا اور پاؤں پٹختا ہوا آگے چل پڑا۔ اس کا موڈ بہت خراب ہو گیا تھا۔

چلتے چلتے وہ ایک سڑک پر پہنچا اور وہاں ایک گھر کے سامنے سے گزر ہی رہا تھا کہ اچانک گھر کا دروازہ کھلا اور ایک عورت نے باہر نکل کر کوڑا دان گڑبڑ خان کے تقریباً پیروں کے پاس رکھ دیا۔ گڑبڑ خان اُچھل پڑا۔

"یہ کیا حرکت ہے؟" اُس نے غصے سے کہا۔

"اوہ معذرت! میں سمجھی جمعدار آگیا ہے۔ آج کوڑا اُٹھانے کا دن ہے۔ ہم سب اپنا اپنا کوڑا دان گھر کے دروازے پر رکھ دیتے ہیں تا کہ جمعدار اُنھیں آکر خالی کر دے۔" عورت نے معذرت کرتے ہوئے کہا۔

"اوہ! تو کیا آپ اتنے بھاری کوڑے دان کو خود اُٹھا کر باہر رکھتی ہیں۔ کتنے افسوس کی بات ہے۔" گڑبڑ خان نے سر ہلایا۔

"ارے نہیں! میرے لیے تو یہ کوئی مشکل کام نہیں ہے البتہ مجھے 'مسز لوسی' پر افسوس ہوتا ہے۔ وہ بہت ضعیف ہیں اور ان کے لیے یہ خاصا مشکل کام ہے۔" عورت یہ کہہ کر اندر چلی گئی اور گڑبڑ خان آگے چل پڑا۔

اُس نے دِل میں سوچا کہ وہ مسز لوسی کا کوڑا دان اُٹھا کر باہر رکھ سکتا ہے۔ یہ ایک نیکی کا کام ہو گا۔ اُس نے دیکھا کہ راستے میں صرف ایک گھر ایسا تھا، جس کے آگے کوئی کوڑادان نہیں تھا۔

"یہ ضرور مسز لوسی کا گھر ہے!" گڑبڑ خان نے سوچا۔

بے چاری بوڑھی عورت اتنا بھاری کوڑادان اُٹھا کر باہر نہیں رکھ سکتی ہے اور نہ اس کے پڑوسیوں کو اتنی توفیق ہے کہ اس کی مدد کر سکیں۔۔۔ خیر! اب گڑبڑ خان یہ ضروری کام انجام دے گا۔ اس نے گھوم پھر کر گھر کے پچھلے حصے کا جائزہ لیا۔ وہاں تین بڑے بڑے کوڑے دان رکھے تھے۔ ظاہر ہے بوڑھی عورت اتنے بھاری کوڑے دان کیسے اُٹھا سکتی ہے، ضرور اس میں کئی دنوں کا کوڑا کرکٹ جمع ہو گا۔

گڑبڑ خان نے پچھلے دروازے پر دستک دی لیکن دروازہ نہیں کھلا۔ اُس نے دوبارہ دستک دی مگر جواب ندارد!

"بوڑھی عورت ضرور بہری ہے۔ اکثر بوڑھی عورتیں بہری ہو جاتی ہیں، بے چاریاں!" گڑبڑ خان نے سوچا۔

کافی دیر انتظار کے بعد اس نے فیصلہ کیا کہ وہ تینوں کوڑے دان پیچھے سے اُٹھا کر سامنے والے دروازے پر رکھ دے گا تا کہ جمعدار انھیں خالی کر دے۔

اس نے بڑی مشکل سے کھینچ کھانچ کر تینوں کوڑے دان مرکزی دروازے

تک پہنچادیے۔ وہ واقعی بہت بھاری تھے۔ اسی وقت اسے جمعدار آتا نظر آیا۔

"اوہ! شکر ہے میں نے اپنا کام وقت پر مکمل کرلیا۔" اس نے اطمینان کا سانس لیا۔ وہ دروازے پر کھڑا جمعدار کا انتظار کرتا رہا۔ جب جمعدار نے تینوں کوڑے دان اپنی ٹرالی میں اُلٹ کر خالی کردیے تو گڑبڑ خان اُنھیں واپس اپنی جگہ رکھ آیا۔ وہ خود کو بہت نیک اور رحم دل خیال کر رہا تھا۔ اس کی خواہش تھی کہ اس وقت اس کی خالہ یہ سب دیکھ سکتیں۔ اس نے ایک دفعہ پھر مرکزی دروازے پر دستک دی۔ برابر والے گھر سے ایک خاتون نے جھانک کر کہا: "یہ لوگ گھر پر نہیں ہیں۔ دروازہ بجانے کا کوئی فائدہ نہیں؟"

"اوہ! کوئی بات نہیں۔ میں تو انھیں صرف یہ بتانا چاہتا تھا کہ میں نے ان کے تمام کوڑے دان جمعدار کو دے کر خالی کروالیے ہیں اور ان کو واپس اپنی جگہ پر بھی رکھ دیا ہے۔" گڑبڑ خان نے فخر سے کہا اور آگے چل پڑا۔

چلتے چلتے اُسے ایک ایسا گھر نظر آیا، جس کے دروازے پر سفید پینٹ کا ایک ڈبہ اور برش رکھا ہوا تھا لیکن ارد گرد کوئی نظر نہیں آیا۔

"ہوں! گھر کا مالک یقیناً کام چھوڑ کر دن کا کھانا کھانے اندر چلا گیا ہے۔ ویسے دیکھوں تو ذرا کہ وہ کر کیا رہا ہے۔" گڑبڑ خان نے دروازے پر ایک نظر ڈالی اور کہا: "اوہ اچھا! وہ دروازے پر اپنے گھر کا نام پینٹ کر رہا ہے کیوں کہ شاید بہت پرانا ہونے کی وجہ سے نام تقریباً مٹ چکا ہے۔" اس نے قریب جاکر بہت غور سے پڑھنے کی کوشش کی۔

"گوشۂ گلاب" اُس نے بڑی مشکل سے مٹے مٹے حروف سے اندازہ لگایا۔

"ویسے ان کے گھر میں گلاب کا ایک بھی پودا نہیں ہے۔ کیا ہی دلچسپ بات ہے۔" وہ ہنسا پھر اُس نے ایک نظر رنگ کے ڈبے اور برش پر ڈالی۔

"کیا یہ نیکی نہیں ہو گی کہ میں دروازے پر نام خود ہی پینٹ کر دوں۔۔۔؟ مالک کتنا خوش ہو گا جب وہ کھانے سے فارغ ہو کر باہر نکلے گا اور دیکھے گا کہ اس کا کام کسی اور نے مکمل کر دیا ہے اور مجھے یقین ہے کہ میں یہ کام بہت اچھی طرح کر سکتا ہوں۔" اُس نے پینٹ، برش اٹھاتے ہوئے خود کلامی کی۔

سفید رنگ برش سے ٹپک کر نیچے فرش پر گرنے لگا لیکن گڑبڑ خان کو بھلا کیا فکر ہو سکتی تھی۔ اُس نے گھر کا نام پینٹ کرنا شروع کر دیا۔

اُدھر دوسری طرف جس گھر کے کوڑے دان خالی کیے گئے تھے، وہاں ایک عجیب شور و غل برپا تھا۔ پڑوسن نے دروازہ کھول کر پوچھا: "کیا بات ہے؟"

"بات؟ بہت بڑی بات ہے۔" ایک سرخ چہرے والا شخص چِلّایا: "کسی نے میرے جانوروں کا کھانا چُرا لیا ہے۔ یہ دیکھیں! میں اس کنستر میں بطخوں کا کھانا رکھتا ہوں اور اس والے میں مرغیوں کا دانہ اور تیسرے میں گھوڑے کا چارہ ہوتا ہے لیکن اب یہ تینوں کنستر خالی پڑے ہیں۔" اُس آدمی نے پاؤں پٹخے۔

"مجھ پر چلانے کی ضرورت نہیں۔ میں نے یہ کنستر خالی نہیں کیے لیکن میں یہ ضرور جانتی ہوں کہ یہ سب سامان جمعدار کو دے دیا گیا ہے۔" پڑوسن نے کہا۔

"کیا کہا؟۔۔۔ جمعدار کو؟۔۔۔ کس نے؟" اُس نے چلا کر کہا: "اور جمعدار کی اتنی جرأت کہ اُس نے میرے کنستروں کو ہاتھ لگایا؟ محلے کے سب جمعدار جانتے ہیں کہ میں اپنے گھر کا کوڑا خود تلف کرتا ہوں۔"

"نہیں! یہ جمعدار کی حرکت نہیں تھی۔ وہ ایک مسخرہ سا بچہ تھا لمبی ناک اور اُلجھے بالوں والا۔ وہ یہ بتانے کے لیے آپ کے گھر کا پچھلا دروازہ پیٹ رہا تھا کہ اُس نے آپ کے سارے کوڑے دان جمعدار کی ٹرالی میں اُلٹ دیے ہیں۔" پڑوسن نے بتایا۔ گھر کے مالک کو اس عجیب کہانی پر یقین کرنا مشکل ہو گیا۔ آخر چند لمحوں کی خاموشی کے بعد اُس نے پوچھا: "اب وہ آدمی کہاں ہے؟"

"وہ پیدل ہی اس طرف گیا ہے۔" پڑوسن نے ہاتھ سے اشارہ کرتے ہوئے کہا۔ "آپ اس کو اس کی غیر معمولی لمبی ناک کی وجہ سے پہچان جائیں گے۔ دوسروں کے معاملات میں اپنی ناک گھسیڑنے والا احمق آدمی!" پڑوسن نے تبصرہ کیا۔

"اب وہ کم از کم میرے معاملات میں کبھی اپنی ناک نہیں گھسیڑ سکے گا۔" گھر کے مالک نے دانت پیسے اور سیدھا سڑک پر چل دیا، کچھ دور جا کر ہی اُسے گڑبڑ خان نظر آ گیا، جو ابھی ایک گھر کے دروازے پر کھڑا پینٹ کرنے میں مصروف تھا۔

"لمبی نوکیلی ناک والا آدمی! یہی ہے وہ!" لال منہ والے آدمی نے ایک نظر اُس پر ڈالی اور دبے قدموں اُس کی طرف بڑھا تا کہ ایک دَم اُس پر جھپٹ پڑے مگر گڑبڑ خان نے اُس کے قدموں کی آہٹ سنی اور تیزی سے مڑا تو سرخ منہ والے نے اس پر چھلانگ لگا دی۔ گڑبڑ خان بچنے کے لیے نیچے جھکا تو وہ دھم سے پینٹ کے ڈبے کے اوپر گر پڑا۔ برش ہوا میں اُچھلا اور رنگ لال منہ والے آدمی کی آنکھوں میں چلا گیا۔۔۔ وہ چیختے ہوئے اپنی آنکھیں مسلنے لگا، اسی لمحے گھر کے اندر سے وہ شخص نکلا جو اپنے گھر کا نام پینٹ کر رہا تھا۔ وہ یہ دیکھ کر بہت حیران ہوا کہ ایک شخص

اس کے پینٹ کے ڈبے کے اوپر بیٹھا ہوا ہے اور دوسرا اپنی آنکھ سے سفید پینٹ پونچھنے کی کوشش کر رہا ہے۔ "ارے! یہ سب کیا تماشا ہے؟" مالک مکان چلایا: "اے تم! فوراً میرے پینٹ کے ڈبے سے اُٹھو! تم یہاں بیٹھے کیا کر رہے ہو؟"

"جناب! میں تو ایک نیکی کا کام کر رہا تھا۔" گڑبڑ خان نے پینٹ کے ڈبے سے اُٹھنے کی ناکام کوشش کرتے ہوئے کہا: "میں آپ کے گھر کا نام پینٹ کر رہا تھا، بالکل مفت! صرف نیکی کمانے کے لیے۔"

مالک مکان نے اب اپنے گھر کے دروازے کی طرف دیکھا اور پھر غصے سے چلایا: "یہ کیا؟ تم نے میرے گھر کا نام گوشۂ گلاب کیوں لکھ دیا؟ کیا تمھیں یہاں کوئی گلاب نظر آرہا ہے؟"

"نہیں تو! میں خود یہی سوچ رہا تھا کہ آپ اپنے گھر کا نام 'گوشۂ گلاب' کیوں رکھ رہے ہیں۔" گڑبڑ خان نے کندھے اُچکائے۔

"میں گھر کا نام گوشۂ گلاب نہیں بلکہ 'گوشۂ امن' لکھنا چاہتا تھا لیکن میرے گھر جانے کے بعد تم نے سب کام خراب کر دیا، آخر کس کی اجازت سے؟" مالک مکان چلایا: "تمھاری ہمت کیسے ہوئی میرے کام میں مداخلت کرنے کی؟ اور یہ جو تم نے میرا سارا فرش بھی رنگ گرا کر خراب کر دیا۔۔۔ میں اب تمھارا سر پھوڑ دوں گا۔" مالک مکان کا غصہ کم نہیں ہو رہا تھا۔

"نہیں! اس سے تو مجھے نمٹنا ہے، اسے میرے حوالے کر دیں۔" لال منھ والے نے آگے بڑھ کر کہا اور غریب گڑبڑ خان کے کندھے پر اپنا بھاری بھر کم ہاتھ رکھ دیا۔ "آپ جانتے ہیں کہ اس نے میرے ساتھ کیا کیا ہے؟ یہ میرے گھر گیا اور

بلا اجازت گھر کے پچھلے حصے سے میری مرغیوں، بطخوں اور گھوڑوں کے کھانے سے بھرے ہوئے کنستر کوڑے دان سمجھ کر جمعدار کے حوالے کر دیے۔ ہنھ!" اُس نے گڑبڑ خان کو اتنے زور سے جھنجھوڑا کہ وہ سڑک پر لڑھکتا چلا گیا۔

دونوں آدمیوں نے ایک دَم اس پر چھلانگ لگائی مگر لال منھ والے کا پاؤں پینٹ کے ڈبے پر پڑا اور وہ منھ کے بل جا گرا۔۔ دوسرا شخص اپنی ہی جھونک میں اس کے اوپر آ گیا۔ گڑبڑ خان کو موقع مل گیا اور وہ اُٹھ کر سرپٹ دوڑا۔ دوڑتے، دوڑتے جب اس کی ہمت جواب دے گئی تو وہ بس اسٹاپ کی ایک سیٹ پر دھم سے گر پڑا اور دونوں ہاتھوں سے سر پکڑ لیا۔

"اوہ خدایا! دو نیکیاں ضائع ہو گئیں۔ بھلا مجھے کیا الہام ہوتا ہے کہ وہ احمق آدمی کوڑے دانوں میں پالتو جانوروں کا کھانا ذخیرہ کر کے رکھتا ہے۔ میں تو سمجھا کہ اس گھر میں مسز لوسی رہتی ہیں اور بھلا مجھے کیا معلوم تھا کہ کچھ فارغ قسم کے لوگوں کو اچانک ہی اپنے گھر کا نام تبدیل کرنے کا خیال آجائے گا۔ اتنے لڑاکا شخص کے گھر کا نام تو دیکھو! گوشۂ امن! ہنھ۔" وہ بڑبڑا رہا تھا۔

اتنے میں سامنے سے اُس کی خالہ آتی دکھائی دیں جو اگلی بس پکڑنے کے لیے اسٹاپ کی طرف ہی آ رہی تھیں۔

گڑبڑ خان نے انھیں آتا دیکھ کر بنچ پر کھسک کر ان کے لیے بیٹھنے کی جگہ بنائی لیکن ایسا کرتے ہوئے وہ یہ بالکل بھول گیا کہ وہ ابھی ابھی سفید پینٹ کے ڈبے سے نکل کر آ رہا ہے۔ خالہ پہلے تو بے دھیانی میں بنچ پر بیٹھ گئیں لیکن پھر فوراً ہی ایک چیخ مار کر کھڑی ہو گئیں۔

انھوں نے گردن گھما کر اپنے کپڑوں کا جائزہ لیا: "اوہ! میرا بہترین سیاہ جوڑا برباد ہو گیا۔ اس پر سفید پینٹ کے دھبے لگ گئے۔ گڑبڑ خان! تم نے یہ شرارت جان بوجھ کر کی ہے۔ اب تم فوراً گھر چلو۔۔۔ دیکھنا میں تمھارا کیا حشر کرتی ہوں۔ تمھارا دماغ درست کرنے کے لیے زبردست پٹائی بہت ضروری ہو گئی ہے۔"

بے چارہ گڑبڑ خان۔۔۔ اگر وہ دوسروں کے معاملات میں مداخلت کرنا چھوڑ دے تو اس کی زندگی بہت چین سے گزر سکتی ہے۔ آپ کا کیا خیال ہے۔۔۔؟

اس کہانی کے مشکل الفاظ:

کھرپی: زمین کھودنے کا آلہ جس سے مالی باغ کی مٹی کو تہہ و بالا کرتا ہے

ندارد: (لفظاً) نہیں رکھتا ہے، غائب، غیر موجود، گم

تلف کرنا: فنا کرنا، ضائع یا برباد کرنا

سرپٹ دوڑنا: گھوڑے کی ایک تیز رفتار چال جس میں وہ سر اور پیر ایک ساتھ اٹھا کر دوڑتا ہے، مجازاً (تیز رفتاری)

جھونک: لڑکھڑانا، ڈگمگانا

* * *

آخری خواہش [Winkle Pip came out]

ایک دفعہ کا ذکر ہے کہ "ونکل پپ" جس کو اس کی آنٹی نے سالگرہ کے تحفے کے طور پر ایک جادوئی لباس دیا۔ یہ ایک پیلا ریشمی لباس تھا۔ جس پر لال دھبے تھے اور اس کی بڑی بڑی جیبیں تھیں۔ "اب تم جب بھی یہ سوٹ پہنو گے۔ تمہاری خواہشات پوری ہوں گی مگر تمہیں ایک بات کا خیال رکھنا پڑے گا۔" اس کی آنٹی نے کہا۔

"اور وہ کیا ہے؟" ونکل پپ نے پوچھا۔ "تمہیں سال میں ایک دفعہ انسانوں کی دنیا میں جا کر چھ بچوں کی خواہشات پوری کرنی ہوں گی، یہ بات ہمیشہ یاد رکھنا پپ!" اس کی آنٹی نے کہا۔ "ورنہ اس لباس کا جادو ختم ہو جائے گا۔" پپ نے خوشی خوشی نہ بھولنے کا وعدہ کیا۔

اگلے دن پپ کی بوڑھی خالہ ماریہ اس سے ملنے آرہی تھیں۔ کھانے کے معاملے میں وہ بہت نفیس تھیں مگر پپ بد قسمتی سے اچھا باورچی نہیں تھا۔ وہ اکثر ان کو جلے ہوئے کیک اور کچے بسکٹ کھلاتا تھا لہٰذا پپ نے اگلے دن اپنا جادوئی لباس استعمال کرنے کا فیصلہ کیا۔ اس نے صبح صبح جادوئی لباس پہنا اور اپنے کچن کا جائزہ لیا جو کافی گندا ہو رہا تھا۔ ناشتے کے برتن ابھی تک جھوٹے پڑے تھے اور پردے بہت

میلے ہو رہے تھے۔

"اب میں اپنے لباس کو آزماتا ہوں۔" پپ نے اپنے کپڑوں کی جیبوں میں ہاتھ ڈالتے ہوئے کہا۔

"کچن! اپنے آپ کو خود ہی صاف کر لو کیونکہ یہ میری خواہش ہے۔" وہ اونچی آواز میں بولا۔ اس کے ساتھ ہی چیزوں نے ایک دم ہلنا اور شور مچانا شروع کر دیا۔ پانی کا نل خود بخود کھل گیا اور گندے برتن سینک میں جا کر دھلنے لگے۔ فرش صاف کرنے والا کپڑا اپنی جگہ سے ہلا اور رگڑ، رگڑ کر فرش صاف کرنا شروع کر دیا۔ قالین صاف کرنے والے برش نے اتنی دیر میں پورے گھر کے قالین صاف کر دیے۔ پردے خود بخود کھونٹی سے اترے اور نل کے نیچے بیٹھ کر نہائے اور پھر کپڑے سکھانے والی رسی پر جا کر لٹک گئے۔ خشک ہونے پر استری نے جلدی جلدی ان پر استری کر دی اور وہ واپس اپنی جگہ چلے گئے۔ یوں تھوڑی سی دیر میں گھر کا کونا، کونا چمک اٹھا۔ "بہت اعلا!" پپ خوشی سے چلایا۔ "اور اب خالہ کے ناشتے کے لیے۔" اس نے اپنی جیبوں میں دوبارہ ہاتھ ڈالتے ہوئے کہا۔ "ایک بڑا چاکلیٹ کیک، فروٹ جیلی، سینڈوچز، بسکٹ، ناشپاتی، رس بھری، کباب اور کریم کافی کی ضرورت ہے!" اس کا کچن دوبارہ جاگ اٹھا اور پل بھر میں اس کی فرمائش کردہ سب چیزیں تیار ہو کر میز پر سج گئیں۔

جب پپ کی خالہ آئیں تو کچن کا دروازہ کھولتے ہی دھک سے رہ گئیں۔ انہوں نے پپ کے صاف ستھرے چمکتے ہوئے کچن کو دیکھا جو ہمیشہ بہت گندا رہتا تھا اور پھر سلیقے سے سجی ناشتے کی میز کو دیکھا۔ "خوب! کیا شاندار تبدیلی ہے۔" وہ خوش ہو کر

بولیں۔ "تم نے تو آج بہت محنت کر ڈالی ہے پپ!"

"یہ میرے جادوئی لباس کا کمال ہے خالہ۔" پپ نے سچ کہا کیونکہ وہ ایک سچا جن تھا۔ پھر اس نے اپنی خالہ کو جادوئی لباس کے بارے میں تفصیل سے بتایا۔

"زبردست مگر بیٹا تم سال میں ایک دفعہ انسانوں کی دنیا میں جانا نہ بھولنا ورنہ تم اس لباس کا جادو کھو دو گے۔" اس کی خالہ نے سب کچھ سن کر کہا۔

پپ نے اپنے جادوئی لباس سے اپنی اور اپنے دوستوں کی بہت ساری خواہشات پوری کیں۔ لیکن پھر ایک وقت ایسا آیا کہ اس کے لباس کا جادو کمزور ہونا شروع ہو گیا اور وہ جان گیا کہ اب اسے انسانوں کی دنیا میں جانا ہی ہو گا۔ لٰہذا ایک دن پپ نے اپنا جادوئی لباس پہنا اور دنیا میں جانے کے لیے روانہ ہوا۔

"مجھے دیکھ کر سب بچے کتنا خوش ہوں گے کیونکہ شاید ہی انہوں نے کبھی کوئی جن دیکھا ہو۔" پپ نے اپنے دوست سے کہا جو اسے خدا حافظ کہنے آیا تھا۔

"اور جب ان کو پتا چلے گا کہ میں ان کی خواہشات پوری کرنے آیا ہوں تو وہ خوشی سے پاگل ہو جائیں گے۔"

"ضروری نہیں ہے۔" اس کے دوست نے کہا۔ "میں نے سنا ہے کہ آج کل کے بچے جنوں، پریوں پر یقین نہیں رکھتے اور ان کے پاس اتنا وقت بھی نہیں ہوتا کہ وہ ہمارے بارے میں کہانیاں سنیں۔ ہو سکتا ہے کہ وہ تمہاری باتوں پر یقین ہی نہ کریں۔"

"ناممکن!" پپ نے بے یقینی سے کہا اور انسانوں کی دنیا میں چلا آیا۔

اس کا رخ ایک چھوٹے سے شہر کی طرف تھا۔ وہ چلتا رہا اور گھروں کی کھڑکیوں

سے اندر جھانکتا رہا۔ آخر کار اس نے ایک گھر کی کھڑکی سے دو بچیوں کو اپنے گڑیا گھر سے کھیلتے ہوئے دیکھا۔ وہ آپس میں باتیں بھی کرتی جا رہی تھیں۔

" یہ گڑیا گھر بہت پرانے فیشن کا ہے۔" ایک ننّی بچی نے کہا:" اس میں بجلی کی لائٹ کے بجائے لالٹین جلائی جاتی ہے۔ یہ بہت احمقانہ بات ہے۔"

"ہاں! مگر مجھے یقین ہے کہ دادا کبھی بھی اس کے اندر بجلی سے جلنے والے بلب نہیں لگائیں گے۔" دوسری بچی نے کہا:" میری کتنی خواہش ہے کہ وہ ایسا کر دیں۔"

"اوہ!" پپ نے جو ان کی باتیں سن رہا تھا، اپنے آپ سے کہا:" یہ میرے لیے ایک اچھا موقع ہے کہ میں ان بچیوں کی خواہش پوری کر سکوں۔" چنانچہ وہ کھڑکی سے کود کر کمرے میں آگیا اور بچیوں کے پیچھے خاموشی سے آکر کھڑا ہو گیا۔" کیا تم اس گڑیا گھر میں بجلی کے بلب جلتے ہوئے دیکھنا چاہتی ہو؟" اس نے پوچھا۔" تو بس ایک دفعہ میری موجودگی میں ایسا کہو، تمہاری خواہش پوری ہو جائے گی۔" بچیوں نے مڑ کر حیرت سے اسے دیکھا۔

"یقیناً میں یہ چاہوں گی۔" پہلی بچی نے کہا۔ "میری خواہش ہے کہ اس پورے گڑیا گھر میں بجلی کے بلب ہوں۔"

اگلے ہی لمحے گڑیا گھر برقی قمقموں سے جگمگا اٹھا۔ بچیاں یہ زبردست نظارہ دیکھ کر اچھل پڑیں۔ انہوں نے دیکھا کہ ہر دروازے پر چھوٹے، چھوٹے سوئچ لگے ہوئے ہیں اور انہیں کھولنے، بند کرنے سے گھر کی روشنیاں جل بجھ رہی ہیں۔ وہ ذوق و شوق کے ساتھ ان سے کھیلنے لگیں۔ اس عرصے میں جن شکریے کے ایک لفظ کے انتظار میں ان کے پیچھے کھڑا رہا مگر بچے تو لگ رہا تھا کہ اسے بالکل بھول گئے

ہوں۔ وہ بہت افسردہ ہوا اور آخر کار خدا حافظ کہے بغیر کھڑکی سے باہر کود گیا۔

"حد ہو گئی! میں نے ان بچیوں کی خواہش پوری کی اور انہوں نے میرا شکریہ تک ادا نہ کیا۔ میں تو سمجھ رہا تھا کہ وہ مجھ سے مل کر بہت خوش ہوں گی۔" پپ نے سوچا۔ "خیر! یہ میرے لیے ایک ناگوار تجربہ تھا۔" وہ آگے چل پڑا۔ کچھ دیر بعد وہ دو بچوں سے ٹکرا گیا جو گھاس میں کوئی گم شدہ چیز تلاش کر رہے تھے۔ "وہ پیسے کہاں جا سکتے ہیں؟" اس نے ان میں سے ایک کو کہتے ہوئے سنا۔

"اوہ! کاش پیسے مل جائیں ورنہ گھر جا کر بہت پٹائی ہو گی۔" پپ ان بچوں کے پاس چلا گیا۔

"بچو! میں تمہاری خواہش پوری کر سکتا ہوں۔" اس نے کہا: "میں ایک جن ہوں اور میں نے جادوئی لباس پہن رکھا ہے۔"

"احمق نہ بنو!" ایک لڑکے نے کہا: "ہم اچھی طرح جانتے ہیں کہ جن بھوت جیسی کوئی چیز نہیں ہوتی اور جہاں تک جادوئی لباس کا تعلق ہے، ہم تمہاری بے وقوفانہ باتوں پر یقین کرنے کو تیار نہیں! جاؤ اپنا راستہ ناپو!" پپ کا منہ سرخ ہو گیا۔ اس نے اپنی جیبوں میں ہاتھ ڈالے اور بچوں سے پوچھا۔ "اچھا! کیا تم واقعی چاہتے ہو کہ تمہارے کھوئے ہوئے پیسے تم کو واپس مل جائیں؟"

"ہاں! ظاہر ہے! ہماری خواہش ہے کہ پیسے جلد از جلد مل جائیں ورنہ ہماری شامت آ جائے گی۔"

ان کے یہ کہتے ہی ان کے کھوئے ہوئے پیسے گھاس میں سے اٹھے۔ جہاں وہ گرے ہوئے تھے اور اڑ کر پپ کے ہاتھ میں آ گئے۔

"لو یہ رہے تمہارے پیسے۔" اس نے لڑکوں کو پیسے دیتے ہوئے کہا۔

مگر کیا وہ لڑکے خوش ہوئے؟

جی نہیں!! ذرہ بھر بھی نہیں! "تم نے ہمارے پیسے چھپائے ہوئے تھے۔" وہ چلائے۔ کیونکہ انہوں نے پیسے اڑ کر جن کے ہاتھ میں آتے نہیں دیکھے تھے۔ "تم نے ہمارے ساتھ شرارت کی ہے، ہم تمہیں مار بھگائیں گے۔" دونوں لڑکے غریب جن کے پیچھے لپکے اور وہ اپنی جان بچانے کو دوڑا۔ وہ بھاگ کر ایک دروازے کے سامنے بیٹھ گیا اور اپنی سانس درست کرنے لگا۔

"یہ خوب رہی۔" اس نے دکھی ہو کر سوچا۔ "دو خواہشات پوری کر دی گئیں اور کسی ایک کے بدلے میں بھی شکریہ سننے کو نہیں ملا۔ یہ دنیا بھی کیسی ہوتی جا رہی ہے! کیا یہاں ذرہ بھر بھی اخلاق اور تشکر باقی بچا ہے۔"

کچھ دیر بعد وہ آگے چلا اور جلد ہی ایک ننّی لڑکی کو ایک چھوٹے سے گھر کی سیڑھیوں پر بیٹھ کر بری طرح روتے دیکھا۔ "کیا معاملہ ہے؟" پپ نے دریافت کیا۔ اس کا نرم دل بچی کے رونے سے بھر آیا۔

بچی نے اس کی بات کا کوئی جواب نہیں دیا بلکہ اسے گھور کر دیکھا۔ تب اچانک گھر کے اندر سے ایک آواز آئی۔ "اب یہ فضول کا رونا دھونا بند کرو مری! تم بہت بدتمیز ہو اور پٹائی کے قابل ہو۔ تم نے محض غصے میں آکر اپنی اتنی مہنگی گڑیا توڑ دی۔"

"میں اسے دوبارہ توڑوں گی اگر میرا دل چاہا۔" بدتمیز ننّی بچی چلائی اور کھڑے ہو کر زور سے پاؤں پٹخے۔ جن کو اس بات سے زبردست دھچکا لگا۔

"تمہیں اس طرح اپنے بڑوں سے بات نہیں کرنی چاہیے، کیا تمہیں پتہ ہے کہ میں ایک جن ہوں اور تمہاری ایک خواہش پوری کرنے آیا ہوں۔ اگر تم۔۔۔"

"احمق آدمی! احمق آدمی۔" بدمزاج بچی اس کی بات کاٹ کر چلائی اور اس کی طرف مکا لہرا کر بولی۔ "میری خواہش ہے کہ تم یہاں سے دفع ہو جاؤ۔ بلکہ دوڑتے، دوڑتے شہر کے دوسرے سرے پر پہنچ جاؤ تا کہ میں دوبارہ تمہاری شکل نہ دیکھ سکوں۔"

ظاہر ہے کہ بچی کی خواہش پوری ہوئی اور غریب پپ نے اپنے آپ کو شہر کے دوسرے سرے کی جانب بری طرح دوڑتے ہوئے پایا۔ بہت جلد اس کی سانس پھول گئی مگر جب تک وہ شہر کے دوسرے سرے تک نہ پہنچ گیا۔ اس کے پیروں نے دوڑنا بند نہیں کیا۔

"میرے خدایا! کس قدر برا دن گزر رہا ہے! اور ابھی تین خواہشات پوری کرنا باقی ہیں۔ کاش میں جلد از جلد انہیں بھی نمٹا لوں اور واپس چلا جاؤں۔ یہ کام تو ایک مصیبت ہی بن گیا ہے۔" اس نے سڑک کے کنارے اگی ہوئی گھاس پر بیٹھتے ہوئے سوچا۔ زیادہ دیر نہیں گزری تھی کہ اس کے سامنے سے دو بچے گزرے، ایک بچہ اور ایک بچی۔

"ہیلو مسخرے! تم کہاں سے آئے ہو؟" بچے نے بدتمیزی سے پوچھا۔ "میں جن ہوں اور پرستان سے آیا ہوں۔" پپ نے اپنے غصے پر قابو پاتے ہوئے کہا۔ "ہنہ! جاؤ جاؤ، کسی اور کو بے وقوف بناؤ! ہمیں پتا ہے کہ جن ون کچھ نہیں ہوتے۔" لڑکے نے ہاتھ ہلایا۔ "خیر ہوتے تو ہیں۔" پپ نے کہا: "اور مزید یہ کہ میں ایک

خاص جن ہوں۔ میں آج تم لوگوں کی دنیا میں اس لیے آیا ہوں کہ چھ بچوں کی خواہشات پوری کر سکوں۔ میں نے تین خواہشات تو ضائع کر دیں اور اب میں سوچ رہا ہوں کہ اس دنیا کا کوئی بچہ اس قابل نہیں ہے کہ اس کی کوئی خواہش پوری کی جائے۔"

"کیا؟ تمہارا مطلب ہے کہ تم ہماری خواہشات پوری کر سکتے ہو؟"

لڑکے نے کہا: "میں اس بات پر یقین نہیں کر سکتا۔ خیر! میں تجربہ کر کے دیکھتا ہوں۔ میری خواہش ہے کہ ایک تربوز ایک ناریل اور ایک اناس تمہارے سر پر آکر چپک جائیں۔" اور اس کے ساتھ ہی ایک بہت بڑا تربوز، ایک موٹا تازہ ناریل اور ایک نوکیلا اناس ہوا میں اڑتے ہوئے آئے اور غریب پپ کے سر پر آکر چپک گئے۔ بے چارہ پپ ان پھلوں کے بوجھ تلے کراہنے لگا۔ بچوں نے یہ سب حیرت سے دیکھا اور پھر ہنسنے لگے۔ پھر وہ ذرا خوف زدہ نظر آنے لگے۔

"اوہ! یہ تو واقعی جن ہے کیونکہ ہماری خواہش پوری ہو گئی۔" پپ اتنا غصے میں تھا کہ اسے سمجھ میں نہیں آرہا تھا کہ وہ کیا کرے۔ بچوں نے اسے آخری بار دیکھا اور سر پر پاؤں رکھ کر بھاگ کھڑے ہوئے۔ انہیں ڈر تھا کہ جن ان سے بدلہ لے گا۔

بے چارہ پپ! اسے یقین نہیں آرہا تھا کہ بچے اس کے ساتھ اتنی گھٹیا شرارت کریں گے جب کہ وہ تو ان کی خواہش پوری کرنے آیا تھا۔ اس نے بہت کوشش کی کہ وہ پھل اس کے سر سے اتر جائیں مگر وہ اس کے سر پر اتنی مضبوطی سے جمے ہوئے تھے کہ ہلے بھی نہیں۔ "اوہ مالک۔" جن رونے لگا۔ "یہ پھل مجھے اپنے سر پر

لگا کر گھومنا پڑے گا کیونکہ جب تک میں چھ بچوں کی خواہش پوری نہیں کروں گا، میں خود اپنے لیے کوئی خواہش نہیں کر سکتا۔"

اس وقت وہاں سے ایک چھوٹی لڑکی گزری جس نے اپنے سر پر لکڑیوں کا ایک بھاری گٹھڑ اٹھایا ہوا تھا۔ وہ جن کو دیکھ کر رک گئی اور اسے حیرت سے دیکھنے لگی۔ "تم یہ سب چیزیں اپنے سر پر رکھ کر کیوں گھوم رہے ہو؟ کیا یہ بہت وزنی نہیں ہیں؟" اس نے پوچھا۔ "ہاں! مگر میں انہیں اپنے سر سے نہیں اتار سکتا۔" جن نے آہ بھر کے کہا اور اس نے اپنی کہانی اس ننّی لڑکی کو سنائی۔

"اوہ! یہ تو بہت افسوس کی بات ہے۔" ننّی لڑکی نے کہا: "میری خواہش ہے کہ یہ بوجھ تمہارے سر سے اتر جائے۔" لڑکی کے یہ کہتے ہی سارے پھل جن کے سر سے غائب ہو گئے۔ "ہرا!" جن نے خوشی سے چلا کر کہا۔ "تم آج کے دن ملنے والی وہ واحد بچی ہو جو بد تمیز اور خود غرض نہیں ہے۔"

"مگر میری سوتیلی ماں تو کہتی ہے کہ میں بہت سست اور خود غرض ہوں۔ حالانکہ میں کوشش کرتی ہوں کہ ان کے تمام کام وقت پر کر دیا کروں۔" بچی نے آہ بھرتے ہوئے کہا۔

"بے چاری بچی!" پپ نے دل میں سوچتے ہوئے کہا: "اتنی سی بچی سے اتنا بھاری لکڑیوں کا گٹھڑ اٹھوانا کون سی انسانیت ہے؟" پھر اس نے پوچھا۔ "کیا تمہارے باپ زندہ نہیں ہیں؟"

"نہیں! مگر میری ایک خالہ ہیں۔ جو چاہتی ہیں کہ میں ان کے ساتھ جا کر رہوں۔ وہ کہتی ہیں کہ میری سوتیلی ماں نے مجھے اپنی نوکرانی بنا کر رکھا ہوا ہے۔

اگرچہ یہ درست بات ہے لیکن اگر وہ مجھے مارا نہ کریں اور پیٹ بھر کے کھانے کو دیا کریں تو میں ان کا ہر کام کرنے میں خوشی محسوس کروں گی۔ میرے والد کی وفات کے بعد ہم نے اپنا پرانا گھر چھوڑ دیا اور یہاں آکر رہنے لگے۔ میری سوتیلی ماں میری خالہ کو پسند نہیں کرتیں۔ کیونکہ خالہ مجھے بہت چاہتی ہیں۔ مگر وہ اب نہیں جانتے کہ ہم دونوں یہاں رہنے لگے ہیں۔" پپ کی آنکھوں میں یہ دکھی کہانی سن کر آنسو آ گئے۔

"کاش تمہاری خالہ تمہیں مل جائیں اور اپنے ساتھ لے جائیں۔" اس نے کہا: "ہاں! میری بھی یہی خواہش ہے کہ میں اپنی خالہ کے ساتھ رہوں۔" لڑکی نے اپنے کاندھوں پر لکڑی کا گٹھڑا دوبارہ لادتے ہوئے کہا اور پھر وہ خوشی سے چلائی اور گٹھڑا اچھینک دیا۔ سامنے سے ایک موٹی اور رحمدل خاتون دوڑتی ہوئی آرہی تھیں۔

"خالہ! خالہ!!" بچی چلائی۔ "میں ابھی آپ ہی سے ملنے کی خواہش کر رہی تھی۔"

"ارے ہاں! یہ تو میں بھول ہی گیا تھا کہ ابھی ایک خواہش بچی ہوئی ہے۔" پپ نے اپنے آپ سے خوش ہوتے ہوئے سوچا۔ "اس نے ایک خواہش مجھے پھلوں کے بوجھ سے آزادی دلانے میں استعمال کی تو یہ اس کا حق بھی تھا کہ خود اپنے لیے بھی یہ کچھ مانگ سکے۔"

"آپ کہاں سے آگئیں خالہ! میں آپ کو بہت یاد کرتی تھی۔" بچی نے اپنی خالہ کی گردن میں بانہیں ڈالتے ہوئے کہا۔ "میں تمہیں اپنے ساتھ لے جانے کے لیے آئی ہوں۔ میں تمہیں کافی عرصے سے تلاش کر رہی تھی اور آج تم مل گئیں۔

چلو گھر!" خالہ نے محبت سے کہا: "مگر میری سوتیلی ماں کا کیا ہو گا؟" بچی نے ڈرتے ڈرتے پوچھا۔

"تم اپنی خالہ کے ساتھ گھر جاؤ۔ میں یہ لکڑیاں تمہاری سوتیلی ماں کے گھر دے آؤں گا اور انہیں یہ بتا بھی دوں گا کہ تم اب واپس نہیں آؤ گی۔" پپ نے مسکراتے ہوئے کہا۔ ننّی لڑکی خوشی خوشی اپنی خالہ کی انگلی پکڑ کر چلی گئی۔ پپ نے لکڑیوں کا گٹھڑا اپنے کندھے پر لادا اور اس چھوٹے سے مکان کی طرف دوڑ لگا دی جس کی طرف بچی نے اشارہ کیا تھا۔

ایک بدمزاج عورت نے دروازہ کھولا اور پپ کو گھور کر دیکھا۔

"میں آپ کے لیے لکڑیوں کا وہ گٹھڑا لایا ہوں جو آپ کی سوتیلی بیٹی لا رہی تھی۔ وہ اپنی خالہ کے ساتھ رہنے چلی گئی ہے۔" جن نے کہا۔

"اوہ! اس کی یہ مجال؟" عورت نے جھاڑو اٹھاتے ہوئے کہا۔ "مجھے یقین ہے کہ اس معاملے میں ضرور تمہارا ہاتھ ہو گا۔ دوسروں کے معاملات میں ٹانگ اڑانے والے احمق آدمی! میں تمہارا بھرکس نکال دوں گی۔" وہ ننّے جن کی طرف دوڑی مگر اس نے جلدی سے اپنے جادوئی لباس کی جیب میں ہاتھ ڈال کر کہا۔ "میں نے چھ انسانی خواہشات پوری کر دی ہیں۔ اب میرا لباس میری خواہشات پوری کرنے کے لیے پھر سے تیار ہو گیا ہے۔ اس لیے میں خواہش کرتا ہوں کہ میں فوراً پرستان واپس پہنچ جاؤں۔" اس کے ساتھ ہی وہ ہوا میں بلند ہوا اور غصیلی عورت کی آنکھوں کے سامنے سے غائب ہو گیا۔ وہ خوف سے پیلی پڑ گئی اور جلدی سے گھر کا دروازہ بند کر دیا۔ وہ اتنی خوف زدہ ہو گئی تھی کہ اس نے پھر کبھی یہ جاننے کی کوشش بھی نہیں

کی کہ اس کی سوتیلی بیٹی کہاں چلی گئی۔

جہاں تک پپ کا تعلق ہے وہ اپنے گھر واپس پہنچ کر بہت خوش تھا۔ اس نے اپنے دوستوں کو اپنے ساتھ پیش آنے والے سب واقعات سنائے اور اپنے جادوئی لباس کو تہہ کر کے ہمیشہ کے لیے الماری کے اندر رکھ دیا۔

***

چاند کا قتل [The Pixie who killed the moon]

جنگل میں بھوندو نام کا چھوٹا سا بونا رہتا تھا۔ وہ بہت بے وقوف تھا۔ اپنی عقل استعمال کرنے کے بجائے وہ دوسروں کی باتوں پر آسانی سے یقین کر لیتا۔ ایک دفعہ ایک بلبل کو گاتے سن کر بھوندو کا دل چاہا کہ وہ اسے اپنے ساتھ گھر لے جائے لیکن بلبل نے اس کے ساتھ جانے سے صاف انکار کر دیا۔ بلبل جھاڑیوں میں بیٹھا مزے سے گاتا رہا اور بھوندو کی باتوں پر کان نہ دھرا۔

"تم جھاڑیوں کے چاروں طرف جنگلا بنا دو، پھر بلبل وہاں سے نہیں نکل سکے گا۔" دوسرے بونوں نے بھوندو کو مشورہ دیا۔ بھوندو نے ان کے مشورے پر عمل کرتے ہوئے بہت سی لکڑیاں جمع کیں اور ایک چھوٹا سا مضبوط جنگلا جھاڑیوں کے چاروں طرف تعمیر کرنے لگا۔ بلبل اسے حیرت سے دیکھنے لگا۔

"یہ کس لیے بنا رہے ہو بھوندو؟" اس نے آخر کار پوچھ ہی لیا۔

"بس تم دیکھتے جاؤ!" بھوندو نے فخر سے کہا اور بلبل اسے دیکھتا رہا۔

جب جنگلا مکمل ہو گیا تو بھوندو اس پر چڑھ گیا اور بولا: "اب میں تمہیں اپنے ساتھ گھر لے جاؤں گا پیارے بلبل!"

"ہرگز نہیں!" بلبل نے کہا۔

"لیکن تمہیں میرے ساتھ چلنا ہو گا۔" بھوندو نے پاؤں پٹخے۔

"تم مجھے نہیں پکڑ سکتے۔" بلبل نے ہنس کر کہا۔

"کیوں نہیں پکڑ سکتا؟ میں نے تمہارے چاروں طرف اسی لیے تو جنگلا بنایا ہے۔ اب تم مجھ سے بچ کر نہیں جاسکتے۔" بھوندو فخر سے مسکرایا۔

"ٹھیک ہے! تو مجھے پکڑ کر دکھاؤ۔" بلبل چلایا اور اپنے پر پھیلا لیے۔ وہ ہوا میں سیدھا اوپر اٹھا اور غائب ہو گیا۔ تمام بو نے جو ارد گرد کھڑے تماشا دیکھ رہے تھے، ہنسنے لگے۔

"تم عقل سے کام کیوں نہیں لیتے بھوندو! کیا تم نہیں جانتے کہ بلبل اڑ سکتا ہے۔" سب نے ہنستے ہوئے کہا۔ بھوندو بہت شرمندہ ہوا لیکن چپ رہا۔

ایک دن ایک بچی ان درختوں کے پاس سے گزری جہاں بھوندو رہتا تھا۔ اس کے ہاتھ میں ایک بڑا سا پیلا غبارہ تھا۔ اچانک تیز ہوا کا جھونکا آیا اور غبارے کا دھاگا اس کے ہاتھ سے چھوٹ گیا۔ غبارہ اڑتا ہوا دور درختوں میں چلا گیا۔ وہ ہوا میں بہت دیر تک تیرتا رہا اور آخر کار وہ اس جگہ آکر اترا جہاں بھوندو رات کا کھانا کھا رہا تھا۔ غبارہ اس کے بالکل سامنے آکر رک گیا کیوں کہ اس کا دھاگا کسی جھاڑی میں پھنس گیا تھا۔ بھوندو خوف سے اچھل پڑا کیوں کہ اس نے غبارہ آتے ہوئے نہیں دیکھا تھا۔ اس نے اپنی پلیٹ اٹھا کر پھینک دی اور خوف سے چیختے، چلاتے ہوئے بھاگا۔

"ارے، ارے! کیا ہو گیا؟ کیوں ایسے بدحواس ہو رہے ہو؟" دوسرے بونے اسے اس طرح دوڑتا، بھاگتا دیکھ کر چلائے۔

"میرے اوپر چاند گر پڑا ہے۔" بھوندو نے روتے ہوئے کہا: "بڑا سا پیلا چاند! وہ اچانک ہی میرے گھر میں گھس گیا جب میں کھانا کھا رہا تھا۔ اگر وہ میرے سر پر گرتا تو میری موت یقینی تھی۔"

بونے اس کے گھر گئے اور جب دیکھا کہ بھوندو جس کو چاند سمجھ رہا ہے وہ محض ایک غبارہ ہے تو وہ ہنس ہنس کر دہرے ہو گئے لیکن تفریح کے خیال سے انہوں نے بھوندو پر ظاہر نہیں کیا کہ وہ صحیح کہہ رہا ہے یا غلط۔

"کتنی بری بات ہے کہ چاند نے تمہیں اس طرح گھر میں گھس کر ڈرایا۔ اگر میں تمہاری جگہ ہوتا تو اس کو سخت سزا دیتا۔" ایک شرارتی بونا آنکھ جھپکتے ہوئے بولا۔

"سزا؟ وہ کیسے؟" بھوندو نے سر کھجایا۔

"اس کو ایک پن چبھو دو، اس سے چاند کی چیخیں نکل جائیں گی اور اسے اچھی سزا ملے گی، لیکن اس کو صبح کے وقت پن چبھونا جب یہ سورج کی روشنی میں سو جائے۔" دوسرے بونے نے بہ مشکل ہنسی ضبط کرتے ہوئے کہا۔

بھوندو نے صبح تک انتظار کیا۔ اس نے ایک بہت لمبی سی پن لی اور قریبی جھاڑیوں میں چھپ گیا۔ سورج نکلنے کے بعد جب اس کے خیال میں چاند سو گیا تھا تو وہ دبے قدموں باہر نکلا اور کپکپاتے ہاتھوں سے پن موٹے پیلے غبارے میں چبھو دی۔ ایک زوردار دھماکا ہوا اور غبارہ پھٹ گیا۔ بھوندو خوف کے مارے اچھل پڑا۔ سارے تماشائی بونے بھی اپنے قدموں پر کھڑے نہ رہ سکے اور الٹ کر جھاڑیوں میں گرے۔ بھوندو جان بچا کر بھاگا اور ایک خرگوش کے بل میں چھپ

گیا۔

"اوہ خدایا! میں نے چاند کو قتل کر دیا۔" وہ خوف سے کانپنے لگا: "پریوں کی ملکہ مجھے سخت سزا دے گی۔ چاند دھماکے سے پھٹ گیا اور یہ میرے پن چبھونے سے ہوا لیکن مجھے کیا پتا تھا کہ وہ مر ہی جائے گا۔ میں تو صرف اسے سزا دینا چاہتا تھا۔ اب رات کو روشنی کیسے ہو گی؟ اف!" وہ اس بارے میں جتنا سوچتا، اتنا ہی کانپتا اور لرز جاتا۔ بے چارا بھوندو سارا دن وہیں جھاڑیوں میں چھپا رہا۔

اگلے دن شام تک جب بھوک پیاس سے اس کی حالت غیر ہونے لگی تو اس نے ملکہ کی عدالت میں جا کر اپنے جرم کے اقرار کرنے کا فیصلہ کیا۔ وہ بل سے باہر نکلا اور ملکہ کی عدالت میں پہنچا۔ ابھی بھی وہ کانپ رہا تھا۔

"کیا ہوا بھوندو؟" ملکہ نے حیران ہو کر پوچھا۔

"مم۔۔۔ میں نے ایک بہت خطرناک کام کیا ہے ملکہ! میں نے چاند کو قتل کر دیا ہے، لیکن یقین جانیے کہ میری نیت صرف اسے سزا دینے کی تھی کیوں کہ اس نے مجھے گھر میں گھس کر ڈرایا تھا، مگر وہ تو مر ہی گیا۔" بھوندو نے روتے ہوئے کہا۔

"لیکن تم چاند کو کیسے قتل کر سکتے ہو؟" ملکہ نے حیران ہو کر پوچھا۔

"میں ایسا کر چکا ہوں ملکہ! میں نے اسے پن چبھو دی اور وہ دھماکے سے پھٹ گیا۔"

ملکہ پری یہ سنتے ہی ہنس پڑی۔ پھر وہ بھوندو کو بازو سے پکڑ کر لے گئی اور اسے دور پہاڑی کے اوپر اشارہ کر کے کہا: "وہ دیکھو! پہاڑی کے پیچھے سے کون جھانک رہا

ہے!" بھوندو نے دیکھا تو وہ چاند تھا جو پہاڑیوں کے پیچھے سے ابھر رہا تھا۔ وہ اسے حیرت سے تکنے لگا۔

"تو۔۔۔ تو میں نے اسے قتل نہیں کیا؟" وہ ہکلایا۔

"ہاں! دوسرے بونے مدد کرنے کے بجائے تمہارا مذاق اڑاتے ہیں اور تمہیں مزید بے وقوف بناتے ہیں، اس لیے انہیں سزا ملے گی اور تم! تم اپنا دماغ استعمال کیا کرو۔ اگر تم نے کچھ تعلیم حاصل کی ہوتی تو آج ایسی احمقانہ حرکتیں نہ کر رہے ہوتے۔ کل سے تم بونوں کے اسکول میں روزانہ پڑھنے جایا کرو گے۔ سمجھ آگئی؟" ملکہ نے حکم دیتے ہوئے کہا اور بھوندو نے دھیرے سے سر ہلا دیا۔

***